ポトマック

ジャン・コクトー
澁澤龍彥 訳

kawade bunko

河出書房新社

目次

ポトマック

1913～1914

趣意書（1916）

僕はこれらの文章を『ポトマック』から一年後に書く。もともと一つの序文であり、それ自身多くの序文によって支えられているこの本に、もう一つの序文をつけ加えることなどは不可能だ。だから僕が望んでいるのは、船首や船尾の役に立つ、この紹介文によって巻を開いたり閉じたりすることではなく、むしろ一つの特質を強固ならしめる趣意書という厚い膜として、これで巻のまわりを覆うことを得さしめるような一種の仮綴じ法なのである。

★

電話交換局

自分で自分を傷つけたり、二重の生活をしたり、他の連中なら分別ざかりの年になってから頭を垂れて落ちこんでゆく、おびただしい罠から若くして足を洗ってしまったり、良い環境にいたかと思うと次には悪い環境に身を浸したり、しばしば何時間も一人ぼっちで立ったまま、ランプを消して、未知の軍使を待ったりしたおかげで、僕はいま、まったく機械のような、まったくアンテナのような、まったくモールス符号のような何かになってしまった。晴雨計のストラディヴァリウス。音叉。現象の電話交換局。

★

十九歳になったとき、或る人々は僕の愚行を歓迎し、僕の若さは別の人々に対して弁護していた。僕は滑稽な、金使いの荒い、お喋りな男になり、自分の饒舌と金使いの荒さとを、雄弁と贅沢三昧とに取り違えていた。

★

ロシアの興行物がここに挿入される。——あの盛んなお祭は、一青年を破滅させたかもしれないものだった。それは僕の脱皮のために役立った。あまりにも豊富な樹皮のうしろで、僕の鼻孔は樹液を味わっていた。『ポトマック』の献辞がそのことを証明している。

ロシア・バレエの恐るべき成功は、いまだに近代的な誤解の典型的なものである。それがすでに美の泥沼から脱け出していたのに、一緒について行くことのできなかった観衆は、それを下等なものと考えたのだった。そういう次第でセルジュ・ディアギレフ氏は、物質上の必要からやむを得ず『春の祭典』を、それに向いてはいない観衆、だからこそ当然、それについて不平を鳴らした観衆の前で演じなければならなかったのである。

聖具室の匂いと教会の華麗さが、まだ修道院の白分の独房に対して、ずっと生々しい喜びを感じている新信徒をまごつかせる。こうした贅沢は、感激しやすい人々の心に、いまだに神聖な敬意をいだかせるものなのだ。ここでは、楽屋の匂い、つまり放蕩の匂いが蠅どもを惹きつけて、きれいな足跡を解りにくくしてしまったのである。ありていにいえば、この蠅どものぶんぶんいう音を通して、成長を見とどけ、樹木の芽ぐむ音を聞き分けるのが困難だったのである。

ロシア人の一座は、彼らが軽率に感動させたものすべてを、軽蔑することを僕に教えた。このフェニックスは、ふたたび生き返るためにはみずからを焼かねばならぬということを教えているのである。彼らのサーカス芸は、その意味で地下墓地によく似ているのだ。

他のさまざまな宗教が諸君に安らかな休息の手段を提供しているような時に、まだ疑わしいところのある一つの宗教に身を捧げることが、勇敢な行為になるような場合がある。このけばけばしく飾り立てられた蛹から、ストラヴィンスキーは生れたのである。

★

アンティゴネーの嘆き

田舎。セーヌ＝エ＝オワズ県。日光浴。選り分けられていない太陽が、ふんだんに光の束を投げつける。光は一方で皮膚を焼き、他方で筋肉を固くする。そのとき僕は牛だった。そして、首筋から砂嚢をはずされた後のように、ぼんやりしていた。

僕は書いていた。太陽と孤独で相対しつつ、僕の鼻は黒くきらめいている。それは一つの世界なのだ。（僕が左の目をつぶれば右に、右の目をつぶれば左にくる世界）

この最初の徴候のあとに引きつづいて起ったことのほうが、むしろ一層書き記しておくに値する。

身体の調子がよくなるにつれて、僕の頭も明晰になった。植物や動物の明晰さだ。僕にはすることがいろいろ見えてきた。僕は公認の価値の梯子をすばやく登ってしまった。すると、その梯子がどんなに短く、せまく、しかも大勢がそこに鈴なりになっているかということが、よく分るのだった。僕は秘密の価値の梯子を知った。ここでは、ひとは自分自身とともに、ダイヤモンドのほうへ、坑内爆発ガスのほうへ、もぐってゆくのである。

こうした作業は苦痛を伴わずにはいなかった。もしも曖昧なリズムが、不倶戴天の敵をも当惑させるまでに僕の表面を浄化しながら、奥底から僕の胸に湧いてきたとすれば、僕のぼんやりした表面には、何本かの根が下りていたにちがいないのである。

僕はすでに『ポトマック』のなかで、不承不承ながら、誠実たるべく試みていた。僕はもぐらになって仕事をした。「僕は『ラ・マルセイエーズ』ないしは『恋の愉楽』を書くことができたかもしれなかった。それなのに、僕はこの本を書いている」という文句は一つの諦めをあらわしている。坑夫は闇のなかにもぐりこむ。僕は僕の屋根の上でアンティゴネーの嘆きを歌っていたのである。

★

最小限《ミニマム》の美学

そのとき、絵画的なものに対する最も猛烈な反動が僕を襲った。そのために僕は病気になった。それがなぜだかを説明しよう。このいくらか強すぎる、しかし健康によい洗礼は、僕に多くの痕跡を残している。僕はそこに、僕の仕事を導いている力を認めるのだ。多くの解毒剤の例に見るように、病気はもっぱら濫用から生ずるのである。

★

田舎の家の、僕のベッドの枕もとの壁に、次のようになぐり書きされた文句を僕はふたたび見出す。「海狸《ビーバー》よ！　高貴なる建築家よ、僕は自分のために、一つの免れられない家を建てたい」

この文句は危機の発端を示している。

或る晩、僕は友人たちが一人のアメリカ女の詩を中心にして、笑っているのを聞いた。ところで、この無線電報はただちに僕の心に届いたのだった。

「夕食する、それは西である」——こうガートルード・スタインは、白いページの中央にぽつりと断案をくだしているのだ。

たった一つの形容語でも、肩を軽く一つぽんと叩くだけでも、道路標の矢印一つでも、夢を十分に満たすことはできるはずなのである。このグループを怒らせていたもの、アメリカ式の冗談が、僕には逆に信頼の証拠のように見えたのだ。

すでに完成されて、危険のほうへ向って出帆準備をしている新しいものが、廃墟より以上に僕の心を感動させていた。選ばれた者の密室のなかに限定されてしまうより前に、僕は神秘と結びついた新しいもののまわりを廻って歩いたものだ。明日の処女性よ、どんな皺くちゃな昨日が、お前と肩をならべられるだろうか。人間や事物の若さを、僕は愛情をこめて眺めた。船ならばドックに入っているほうが、ボナパルトならば兵営時代のほうが、ダビデならば山羊の乳をしぼっている時のほうが、クリストフ・コロンブスならばパロス港にいる時のほうが、シンドバッドならばまだ自分の家にいる時のほうが、それぞれ僕には好ましかった。

小学生や若いタイピストたちが卒業するのを僕は見に行った。そして両親のさびしさを共にしさえしていた。両親にとっては、奇妙な遠近法の法則によって、目の前で大きくなってゆく子供が、逆に遠ざかってゆくように見えるのである。

★

水晶の文鎮

あの肘掛椅子というやつは、その様式のモティーフといい、その選り抜きのビロードといい、自由な目を束縛するものだ。僕はこわしてやろうと決心した。

一個の水晶の文鎮が、僕にとって芸術となり慰めとなった。以前はそんなものよりも、むしろ埃と飽満がそのなかに隠れている、織物だとか家具だとか陶器の花瓶だとかいったもののほうが好きだったことを思うと、我ながら不思議な気がした。

この文鎮は僕にとって、もはや水晶でも……立方体でも……六つの面でも……文鎮でもなかった。そんなものではなくて、無限の十字路、沈黙のメリーゴーラウンドだったのだ。

海の響きを聞くために貝殻に耳を押し当てるひとのように、僕は僕の目をその立方体に近づけた。そして、そこに神を発見したと思った。

★

表、壁および錘重《さげぶり》

僕の詩人といえば、それはラルース、シェクス(1)、ジョアンヌ(2)、ヴィタル・ド・ラ・ブラシュ(3)などだ。僕の画家といえば、それはポスター張り屋だ。どんな小さな刺激でも、僕の暴飲暴食家的怠惰には十分だったのだ。そのころ、僕は次のように書いていた(『ポトマック』一三五ページ)。「文学上の最大傑作とは、ばらばらになった辞典にほかならぬ」と。

或る日、『ペール・ギュント』の配役表が僕をびっくりさせた。農民からメムノンの巨像にまで及んでいるその表を、僕は再読三読したのをおぼえている。僕はこの戯曲を知ろうともしないで、ソルヴェイグと玉たちを愛していた。彼らをめぐって、僕はどんな夢の世界を思い描いたのか。雪である。

四つの場面をのぞいては、場面は僕を失望させた。

僕はまたプラトンのなかで、ソクラテスを飛び越しては、アルキビアデスの口にする単一音綴《モノシラブル》に楽しみを見出していたことをおぼえている。

★

要するに連想と可能性のマニアであった僕は、よく大理石のすべすべした壁を、かんかん照りのなかで、不安とともに眺めることがあった。大理石は若々しい裸体像のために多大の貢献をしているわけだが、たまたま僕がその単純な物質にふれると、この生暖かい壁が、裸になっているような気がしたのである。つまり、僕の皮膚は頭のぼんやりしたリズムを追っていたのだった。僕は教養を感覚とパラレルに導いて行きたいと思っていた。或る種の下手糞な音楽ならば我慢もできよう。僕はそういう音楽を匂いの領域で想像してみた。と、僕は目をまわしてしまった。

★

正反対の女のほうへ下ろす錘重《さげぶり》が、僕の気に入りの運動になった。

★

掏摸《すり》

羊歯の髄の断面は鷲に似ている。同様に映画の光線、見えない俳優や景色を含有する月光の束も、その断面をスクリーンの上に解き放つのである。

この神秘ほどに僕を興奮させたものは一つとしてなかった。僕は椅子にすわったまま、うしろを振り返った。すると僕の目には、その源泉におけるフィルムが、トタン板の屋台店が見えるのだった。そこでは沈黙の研師《とぎし》が、樹木だの、衣裳だの、文字だの、さては白い馬だのを含有するにつれて、濃くなったり淡くなったりする光線を研いでいた。

僕はそれらの光線の捕虜たちを解読していた。壁のランプのついているあいだドラマの演ぜられる、新機軸の次元《ダイメンション》を捕捉しようと一所懸命になっていた。僕たちの頭上を、一つの目に見えない世界が、壁によって暴かれることがなければ際限もなく伸び拡がる円錐の形をして、闇を横切っていた。

かくて僕は一つのシーンを想像するのだった。電気に変装した掏摸が、背中を向けている観客のうしろの小窓から逃げ出してくる。しかし正面の家屋にぶつかって押しつぶされる。全観客がそれを見ている……探偵が飛びかかって行く……すると掏摸は左へ外れて、映写壁のまわりの虚無のなかへ吸いこまれる。

この虚無の舞台裏が、僕にはもう一つの謎だった。

僕はこうした想像のために、あれほど好きだったスペクタクルそれ自身、ニューヨークや、リオ・ジムや、ファントマや、スコット大尉や、スローモーションのボクサーたちの水族館や、蝿の眼玉や、瞬時に花ひらく薔薇などを忘れてしまうほどだった。

★

ラタプラン公爵の勝利④

僕の弱点は、この世界が万人にとって理解可能なものと信じてしまうことだった。ショパンのタランテラ舞曲を僕は「ラタプラン公爵の勝利」という名で呼んでいた。ラタプラン公爵とその小軍隊は、白いゲートルをして、たえず脚を動かしている。甘草の砲弾、片手を胸にあてて死んだ兵士、塚の上の鯖雲《さばぐも》のある空。それは僕にとって自明の事柄だった。僕は単に、そうしたイメージが、これらの気品のある怒濤のような音から、万人のために立ち現われてくれることを望んだばかりでなく、ピアニストに「ラタプラン公爵の勝利」を求めさえすれば、あらかじめ知らされていなくても、彼がその曲を僕のために演奏してくれることをさえ望んでいた。

この個人的な絵草紙のために僕は一週間も苦しんだ。ひとは最も深い人間的な誤解にまで想像を逞しくして、そこに踊り子のすがたを認めたと思ったらしいが、それが一層僕を孤独にするのだった。

★

顔

行って、楽しんで、帰ってくるのにどうしても必要な時間が、もはや堪えられなくなるといったような、あの気違いじみた不動の現象が起るよりも前には、僕はそれほど孤独でもなく、多くの顔に心を奪われていた。

一つの顔に出遭いさえすれば、僕が恋をするには十分だった。一つの顔が僕にとってすべてになった。それはナポリであり、バッハのフーガであり、ドストエフスキーだった。中高の、閉ざされた、ピラミッドであり、割れ目のある、敏感な、あの骨のヴァイオリンから、眼ざしがあふれ出てくるのである。ミクロンまで測ったとしても、その内部の深淵の大きさを知り得たろうか。その深淵のなかには、樹があり、窓があり、公園があり、波止場があり、ホテルがあり、船があり、熊があり、劇場があり、オルガンがあり、部屋があり、自動車があり、星があり、行列があり、家族があり、芝生があり、季節があり、果物があり、雲があり、飛行機があり、機関車があり、寺院があり、摩天楼があり、牧場《エスタンシア》があり、動物園があり、河があり、波があり、湖があり、図書館があり、彫像があり、オーケストラがあった。大洋が魚を、空が鳥を、虚空が天体を包含し得るよりもっと多くがあった。

そして、それらの顔は大そう痩せていた。世界については何一つ知らず、しょっちゅう世界に突き当っているようだった。それらの顔は世界をふさいでいるので、それらの顔に逆らえば不幸になるのだった。僕は、通りすぎて行くこれらの顔、宇宙でいっぱいになったこれらの箱を、大そう愛したものだった。

★

テニスの女流選手ナウシカアーがいた。夢の世界の人物のような、エレベーターのボーイがいた。ダンテのスケート場があった。そして小さなアンドロメダは、地下鉄の生温かい入口で「パリ・スポーツ」紙を売っていた。

★

アウゲイアス(5)

僕はずばりと言っておくが、僕の喧騒時代につづくところの、この沈黙の騒々しさは、田舎で教育を受けた後、不意に自由になった青年を襲う、あの喧騒とは反対のものだ。今になってようやく僕は、心の安らぎ（比較的な）をふたたび見出し、アウゲイアスの刷新によって生じる豊かさを理解する。こうしたがらくたの大量処分、無用の書類の焼却は、無気力さを鞭打ち、魂にシャワーを浴びせ、筋肉を強化し、そして薄明から雪を解放するのである。雪のなかで、ひとは気持よく目ざめ、気持よく呼吸し、気持よく消化し、気持よく判断する。

★

左翼への旅

こういうわけで僕は病気だった。ワクチンの結果みたいな病気だったが、とにかく病気にはちがいなかった。僕には熱があった。自分が狂人になるのではないかと思った。そして、こう考えて僕はみずから慰めていた。僕のいちばん大事な詩人たちと狂人とを隔てているのは、一枚のガラスにすぎない。もしも狂人の頭のなかで糸が切れたとすれば、切れる前に極度の緊張を強いられたからだろう、と。ほんのちょっとのことで、狂人の滑稽な分裂は感動的になるかもしれないし、ほんのちょっとのことで、詩人の感動的な分裂は滑稽になるかもしれないのだということを、僕は承知していた。

或る晩のごときは、僕は無邪気にも自分の知性におびえていた。もしも芸術家がすべてを黄金に変えるなら、彼は驢馬の耳を持たないで済ますわけには行くまい、と思われたからである。僕は手で顳顬《こめかみ》に触れ、髪の毛をかきむしり、驢馬の耳を探し求めた。そして僕はそれを自分の教養の欠如のなかに、また自分の己惚れのなかにさえ見出した。驢馬の耳のおかげで、僕はふたたび眠ることができた。

僕は『左翼への旅行者』という本を用意していた。『ポトマック』の後での、かつては良かれ悪しかれ盲滅法に組み立てていた建築の、意識的な応用のつもりだった。ひとは漠然とでなく、もう一つのアメリカ発見について行けたかもしれない。

この旅行について語るのは、残念ながら不可能だ。その時に書いておくべきだった。もしかしたら、あらゆる青年にとって、時間を節約するための手引き書になったかもしれないからだ。

★

花火

一九一三年七月十四日、メーゾン・ラフィットでグールド氏の主宰による花火があった。おお！　豪華な花火！
黄金の九頭蛇《ヒドラ》が地上から飛びあがった。鯉が口をぱっくりあけた。星をちりばめた湾状の河が爆発した。空でマットレスをたたいているようだ。大天使が西の国の怪物にピストルをぶっぱなす。怪物は咆哮しながら逃げる。
巨大な金色の蛇が
閃光の
最後の溜息とともに

ばらばらになって
　砕け散る。

このような危機にみちたスペクタクルが、僕にどんな夢を提供することができたか、まあ想像してくれたまえ。

家に帰ると、この花火は戦争になった。戦争が勃発したのだ。だから八月一日、戦争はあらゆる太陽療法を終焉させ、嵐をはらんだ若い晴雨計に、その故障を説明させる十分な理由となった。

―★

特徴的なページ

僕はパリっ子だから、パリ風の話し方をし、パリ風の発音をする。バラ(6)を愛し、ヴィアラ(7)を愛し、アルコル(8)の太鼓を愛する。僕は身も魂も志願すべく駈けつけた。そして、まあ、い、い、い、い、い、い、い、待ちたまえと言われた。僕は落着くために、判断するために、理解するために、書くために、弥次馬のような一ヵ月を送った。これらの焼いてしまうノートのなかから、特徴的な一ページを残しておこう。

「四日間、僕たちは門番になった。この低さによる平等は、きわめて不安定なものだった。

ああ！　もしも芸術の愛国心が問題だったら！　しかし門番は決して上って行かない、降りなければならないのだ。

「僕はあらゆる書物を焼いてしまいたかった。母の楽園。三言葉、三色旗、三拍子。

「ひとりの若いドイツ人が、ハイデルベルクで目をさます。誰でも彼の身になり得るはずだ。何という猛烈な憂鬱だろう！　水底の泥をさらってくる橈《かい》の一撃を利用しなければならず、私の古い洞窟の隔世遺伝を利用しなければならなかった。泥は少しずつふたたび沈む。

「もう駄目だ。戦争が始まっている。僕は書物の沈黙にもどる。そこは、装甲複葉機が上ってくるにはあまりに高すぎ、地理学者が満場一致の熱情で境界を定めるにはあまりに深すぎる場所だ。

「もう一つの世界から僕を追い出す僕の世界、僕はそこでただ一人、すすり泣いたり、お祭騒ぎをしたりしている。

「僕は戸を閉めた。ツァラトゥストラは僕に永遠を語る。僕はバッハの演奏を聴き、心のなかで講和条約に調印する」

★

戦争

ただちに戦争について語ろう。

僕は、自分が移動衛生隊の看護兵として、革命的な崇高な勝利に従軍していた一九一四年の九月、十月、十一月については語るまい。

痛ましいことと滑稽なこととが、そこでは互いに親密に混り合っていた。ほんのちょっとしたきっかけがあれば、たちまちどっと笑い出すにちがいない、ジョットーの処女たちの涙をたたえた顔のように。

そこでは一連の出来事が、腐肉の匂いによってしか結びつけられてはいなかった。僕たちが野営してからわずか四、五日後、かつて散歩の途中に昼食をしたことのある宿屋をふと眺めると、それは筆舌につくしがたい、見るも無残なすがたに一変しているではないか(石炭酸とガス壊疽《えそ》のメキシコ湾流が渦巻いていた。壊疽、それは甘ったるく臭《くさ》い一種の麝香であり、原野をおおう一種の匂いの薄闇である)。

この観光旅行の大胆さと疲労とは、自己本位の思考に対する一つの薬だった。僕は確認するだけで、判断はしなかった。

★

エーベル氏

一九一五年五月一日、「言葉《ル・モ》」紙に書いた記事のなかで、僕は、ウージェーヌが現在において生ぜしめているばかりでなく、また将来においても生ぜしめるであろう誤解に対して、面白がって一つの新しい助け舟を出し、この魂の細菌を利用して、わが国の盲目的愛国心とプロシア的軍国主義とを嘲笑し、いかにすればハンカチの端を持ち上げることを忘れずに、万人とともに目隠しをすることができるかの手段を示したのであるが、この記事の後で、エーベル氏――まさに最高のウージェーヌというべき――という人物が、モーリス・バレスに次のごとき記事を書かせることになった(二)。

「一人の負傷したドイツ軍の兵士が、自分を看護してくれたジャン・コクトーに、いろいろな打明け話をしている。その病院のベッドの熱っぽい私語には、戦争前夜における神々の大いなる狂気が反映している。この忘れがたい文章には、数百年来の夢が行動に変った瞬間、魂の暗黙の運動が恐るべき行為に結実した瞬間が見てとれるのだ。一九一四年八月、夢遊病者はその短刀を手にした。ドイツ民族の五人の哀れな息子は、フランス民族の一人息子を絞め殺し、自分らの神々に犠牲として捧げるために出発する。森のざわめき……云々……」

シャルル・モーラス、ペラダン、それに「週刊誌」が、ふたたびこの主題を採りあげる。

ジッドは、ヴァランジュヴィルで植物のウージェーヌを発見した。ストラヴィンスキーは、女のウージェーヌの眼は一種の複眼だと思っている。J・E・ブランシュ、別名ブランシュ博士[9]を引用しなければ僕は後悔することになるだろう。彼こそは十五年の間隔を置いて、ヴェヌスベルク[10]と格闘したオーブリ・ビアズレーにも同行したのだし、また僕にも同行したのだったから。ディエップ[11]、孵化に適した湿っぽい町、薄茶色の町。この町の同じ歩道の上で、ハインリヒ・フォン・タンホイザーは若い病人に出遭ったのだし、またウージェーヌたちは、僕らがやがて証人になろうとしていた曖昧な事件を僕に知らせてきたのである。

J・E・ブランシュのT…嬢への手紙

「T…嬢へ、八月十五日

貴女は、夜中過ぎに私たちが各自の部屋へ帰ることに決めたとき、ウージェーヌたちが私たちに感じさせた不安を、おぼえていらっしゃいますか……

「……わが夢遊病者は、秋の長い夜ごと夜ごと、ウージェーヌたちが鋏の形をした手に持っている、恐怖のいっぱい詰まった袋から、まとまった一つの世界を引っぱり出しました……部屋のなかに悪夢の不安と焦慮とをまき散らした、あの葬儀人夫、あの鰐魚《クロコディル》、あの幼虫、あの唖者どもを貴女はおぼえておいでですか。あの反芻類、あの顎で何でも噛み砕き、くわえこんで粉々に挽いてしまう機械、それこそは鉄の婚約者、つまりラインの彼方の謎めいた、残酷な、昆虫学的な、チュートン民族式の拷問具、ニュールンベルクの処女の祖先にほかならなかったのです。

「本は八月に刊行されるはずでした……

「この幻覚的で予言的なデッサンを、私は隠します。そもそも私たちには、このモルティメ家、もう一枚のデッサンによれば、肉食獣の群が予約した船の上でチロリアン・ハットをかぶり、モン・ブランに向って無邪気に手すりにもたれている、このモルティメ家より以上の防備があったでしょうか。

「これらのウージェーヌどもに、貴女は見覚えがありませんか。彼らは私たちの戸口にいるのです」


（『一芸術家の手帖』一九一四年七―十一月）

★

遠近法

モルティメ夫妻が、もっと腹にもたれる食物を食いつけているウージェーヌたちの胃のせいで完全には消化されず、夫妻に関係のないことをいくらか、といっても夫妻に役立つほど十分ではなく知って、ふたたび人間の姿にもどることができたということ、このことは決して僕が戦争のイメージとして売り物にしようとしたことではなかった。僕は最後の下手糞なデッサンから、いかなる予言をも引き出そうとは思わない。ただ遠近法だけを気にしている僕は、小さな戦争（というのは僕はそこで平凡な役割しか演じていないからだ）と大きな戦争（というのは僕はその戦争の舞台だったからだ）とのあいだに生れる偶然の一致に、ますます驚いているのみだ。このエゴイズム、これこそ良き連帯の精神である。自分に対して身を屈める者は、他者を助け、神を暴露し、神に触れるのである。

★

トロップマン(12)

僕は階段を飛び越したりしないで、一段一段のぼる。この本には、果断なものは何一つとして表現されていないが、曲線の部分のようなもの、それに伴うところの、一つの方法をめざす新鮮な不器用さのようなものが表現されている。僕は隔世遺伝を、大学教授を、ジプシーたちを堪え忍ばねばならなかったが、そんなことはどうでもいいことだ。なぜなら、徐々に否応なく、或る高貴な運命が深いところで生じているからだ。

僕はロスチャイルドのように木靴《サボ》をはいて来るのではなく、足を不恰好にする舞踏靴をはいて来る。最悪の上を横切るこの道には、数知れぬアルカサール宮の花々が咲き乱れている。僕は放蕩者や、愚か者や、公爵たちの後からついて行ったのである！　僕は靴をぬぎ、靴にブラシをかける。少年時代は詩《ポエジー》の天に通じている。僕は僕の少年時代を蘇らせた。僕の偶像を破壊した。僕は毎日、隔世遺伝を抑圧したり大事にしたりしながら、トロップマンのように、僕の七人の家族を殺したり盗んだりした。こんな風にして、ひとは鳩を殺すのである。

自分の幾枚かの写真の上にさえ、僕は犯罪人人体測定法に基づいた外観のようなものを見つけてしまう。

★

取り違えの秘訣

十二歳のころには、ひとは自尊心ではち切れそうになっている。だが悲しむべし、内面の美は顔のように、その花束を残らず投げてはくれないのだ。あの漠とした力に対する即座の報酬を望む病的な欲望は、僕の心に度しがたい臆病さを、他人に対する恐怖を生ぜしめた。僕は、何らかの標識が目の前に現われてはくれないものだろうか、百合の花が僕の口から咲き出てはくれないものだろうか、天使が僕の手をとって出現してはくれないものだろうかと考えた。要するに、何らかの証拠を期待していたのだ。——僕は取り違えの秘訣を探し求めていた。

★

カルカス(13)

僕は病気のぶり返しに遭ったところだ。僕はふたたび勝利者として、あの栄光の、伝染の、感染の要求から脱け出した。

処方箋。——

もう新聞を読まないこと。他人のあいだにおける僕の評価を忘れるために、人間との接触を避けること。なぜなら、正しいものと見なされた偽りの価値と永いこと親しく接していると、やがて僕の身体に毒がたまってくるからだ。

僕は知った、自然の過失を。あの生物学的ヴォードヴィルに夢中になってのめりこんでいる、後脚で立ちあがった奇妙な人間を。人間の執念ぶかい息子であるにもかかわらず、何ら臍らしいものを持っていない進歩なるものを。避くべからざる戦争と恋愛を（しかも愚かなことに、期待するためには時計を、死ぬためには大砲を）最良の時計（おお、わが恋人よ！）と最良の大砲（おお、わがフランスよ！）を持ちたいという、遠い過去においても遠い将来においても変ることなき、誤謬にみちみちた欲求を。また、いつの時代になっても、一方にこう言う人々があれば、他方にああ言う人々があるだろうということを。ああ言ったりこう言ったり、こう言ったりああ言ったりすることが、この世の大いなる悲しみでもあり、大いなる美でもあるということを。

いちばん良いものはやはり、例によって例のごとく、夜明けとともに魔術のように生れてくる芸術だった。それ以外のものは、水先案内人の気力を失わせるほど、行ったり来たり、ゆらゆらと動揺したり、びっこを引いて歩いたりしているのだった。

とにかく、僕は元気を取りもどさなければならないのだし、次のような、『トロイラスとクレシダ』のなかのカルカスの台詞を喋ってはならないのだ。「わしは確かで間違いない財産を捨て、疑わしい一つの運命に身をさらした。時や係累や習慣や地位のおかげで、わしの身にふさわしく親しいものとなったすべてのものと、わしは縁を切った。そうして正義のために祖国を去ったわしは、まるで生れ変りでもしたように、淋しい異邦人となってしまった」

★

一直線に

モルティメ夫妻とウージェーヌたちにもどろう。

この本は戦争が原因で、メルキュール・ド・フランス書店で眠っていた。僕はアルフレッド・ヴァレットに会いに行くことはあったが、手を加えたいという誘惑を受けることを懼れて、本の話はあえて口にしなかった。(三) 下手に手を加えたら、本は駄目になってしまうのである。

矛盾撞着から、模索から、誠実で筋道立った平衡の崩れから、一つの真理が出てくることを確信していた僕だったから、この本に、たとえば「盲目の建築家」とか「夢遊病の軽業師」とか「九の数による証明」とか「無秩序の哲学」とかいったような題をつけることもできたかもしれない。怠け者に一つのシステムを提案したとすれば、僕としては恐縮だ。僕の頭のなかには、蜜蜂の巣箱のそれのような、ねばねばした辛苦があったのだ。

★

不満

名人芸は凡庸性に通じている。凡庸性は一つの魅力を発揮する。このことを僕は、おのれの傾向に従ってきた名人たちのあいだで知ったのである。彼らは憐憫の情とともに、こう繰り返しているように思われたものだ。「このわし、ロスチャイルドは、貧乏人の家で食事をしているのだぞ！」と。

ところで、もしも自分の家の泉に飽き飽きした人が、公共広場の噴水で水を飲もうとした場合、自分を大事にしようとする一つの気持が、或る種の重苦しい態度を目立たせて、かえって凡庸性を取り逃がすような事態にいたらしめてしまうことがあるものだ。この本のスタイルに対する僕の主なる不満が、これなのである。ロココ・スタイル。

★

デッサンについて。人間のように深い一つの作品の表面に、六十二枚のつまらないカットを残しておくためには、僕には勇気が必要だ。これらの競漕《レガツタ》は、潜水服を脱いで泳ぎたいという気持を起させる。僕は新しい数葉をつけ加える。前のものほど馬鹿げてはいない描き方だ。うまいと思って自慢するわけではないけれども、不安なウージェーヌと線とのあいだの、より正確な一致点がここにある。「面白く終るようなお話は却っていっそつまらなく終るもの」の下手さ加減には腹が立つ。もしこの見っともない下手さ加減が、たとえば本文中に挿入された幾つかの「自由詩」と同じように、この本それ自体ではなく、この本が証明しようとしているものの証拠でなかったならば、僕はすべてを初めからやり直そうという気になっていたかもしれないのである。

★

ポトマック

もう一言。僕はポトマックの水族館へまた行ってみた。再開の知らせはどこにも書いてなくて、ただ、

「差押につき閉館」

という貼紙の上に、次のような新しいポスターが張ってあった。

フランス会館
動員のため
閉　館

始末に負えない腕白小僧が、その上にこう落書していた。「真面目な友人を求む」と。

献辞

イゴール・ストラヴィンスキーへ

親愛なるイゴール、

僕がこの本を君に捧げるのは決して気まぐれからではない。ジークフリートの森を通り抜けて、僕たちの国へ飛んで来るあの雪国生れの『火の鳥』(14)と、アンデルセンの一夜、ハーモニカの溜息につれて息絶える哀れな操り人形との後に、『春の祭典』(15)がその儀式を挙行する。

僕は、君の故国ロシアの、河の面《おもて》に垂れこめた四月の夜々がどんなものであるか想像できる。きっとそこでは、《清澄な冬》が東洋的な駘蕩ぶりと調和を保っているのにちがいない。

あれほどの恐るべき想像が生れ得るのは、まさにこうした環境以外にはないのだから。

君の傑作は卵に似ている、充溢と神秘とがその中に含まれているが故に。僕は想い出す、最初の演奏を聴いた後に、《有史以前の田園詩》とこれに銘打ったことを。いま、さらに僕はこれを牧歌集、または一つの兇暴な対話体牧歌と呼ぼう。

現在の僕としては、ローリッヒもW・ニジンスキー(16)も、少女たちの桃色の群が動員されたバレエ教室も、生々しい丘の緑も、青年たちの演技も、映画に撮られた昆虫の生態さながらの奇妙なあのドラマも、みんな忘れてしまいたい気持でいる。

ウージェーヌたちのアルバムを僕がどうしても書かずにいられなくなったのは、連日君の音楽を聞かされていた、ある田舎のサロンにおいてだった。地面を踏み鳴らす踵の鈍い音だの、

マンモスの散歩だの、

農園の中庭だの、

野営地だのを僕らは聞いていたのであった。

時として、素朴な恋愛詩《ロマンス》が時代の奥底からたゆたってきた。

これこそ僕らのドラマ、いかめしさと笑いとが交互にあらわれる双面神《ヤヌス》の顔だ。

そうだ、笑いがあるんだ、笑いがあるんだよ、イゴール。

『ペトルシュカ(17)』のバレリーナは、その小さなトランペットでもって、いまだに僕をせつない思いにさせているんだよ。

J・C・

後から

I

一――まず最初に僕はウージェーヌたちを知った。
二――僕は本文なしでウージェーヌたちのアルバムを描いた。
三――彼らのおかげで僕は書きたいという欲求を感じるようになった。
四――僕は、自分がこれから一冊の本を書こうとしているのだなと思った。
五――ばらばらなノートを僕はいっぱい持っていた。
六――僕はそれらのノートを書き取らせた。
七――思うに、それは一冊の本というより一つの序文にすぎなかった。何のための序文だやら？
八――僕はいたるところに、《本》という言葉と、無邪気にふくらんだ望みとを、置き忘れてきた。少年の頃には人は作品の題を並べ立てるばっかりで、一向にそれを書きはしないものなのだ。

九——君が無理をして一冊の本を読まねばならぬ義理は毛頭ない。

十——アルジェモーヌ（三）ならこう言うだろう、《なあにこれ？　デッサンと本文のあいだに何の関係もないじゃあないの。それに一行一行が支離滅裂だわ》

カンシュの意見が僕をほっとさせる、《思想はものの言いかたから生れる、あたかも輾転反側しながら眠っている人の夢が、そのときの姿態によっていろんな風に変るように》

II

僕は五里霧中で書いていた。あとで気がついたことだが、そのとき僕は脱皮していたのであり、体の組織が変るあの危険な状態のなかで書いていたのであった。このようにして、人間は死ぬ前に何べんとなく死ぬのである。そしていよいよ本当に死のうというとき、人はスペインのお祭の踊り手に似てくる。

スペインの踊り手たちは教会で踊る。先祖伝来の衣裳が彼らの身に引き継がれている。ところでこの衣裳は、何世紀もの間につぎはぎだらけになって、布地が変っている。つまり、相変らず同じ衣裳ではあるけれども、また決して同じ衣裳とは言えない所以である。

★

明日にも僕は、この本を書くことが出来なくなるかもしれない。脱皮が終る日、つまり完全に病気が恢復した日に、この本もまた終りを告げるだろう。そうなってからでも僕はものを書くかもしれないが、しかしそれはもうこの本ではないにちがいない。なぜかというに、この本を構成し、支配し、充填しているものは、ほかならぬ僕自身が一時的におちいっているところの状態なのだから。もっと後で、僕は君に軽業師の話をするつもりだ。綱渡りは《一歩一歩が墜落の瀬戸際》なのだ。軽業師は綱を渡り切ったのも知らないで、地面の上さえそろそろと、用心しいしい歩くのだ。

★

よしんば君がうんざりするような文章に出くわすとしても、それは決して、君を顚覆させるための暗礁として僕がそこに置いたのではなく、君が僕の通ったあとを認めることができるように、浮標《ブイ》として、置いたものなのだ。

★

あんまり種々様々な環境は、どんなに順応しやすい人をも駄目にしてしまう。（むかし）一匹のカメレオンがいた。飼主は暖かくしてやろうと思って、極彩色の格子縞の毛布の上に、カメレオンをのせてやった。

カメレオンはくたくたになって死んでしまった。

★

ウージェーヌたちといい、ポトマックといい、また蝶々といい、僕はなぜ自分がそんなものを創り出したのか分らなかったし、正確に言って、それらの間にどんな関係が成り立っているのかも、まるで見当がつかなかった。いわばこれは秘密の建築だ。《何を作る気かい？》とカンシュが僕に訊いた。僕は赤くなった。どうしても返事ができない。

★

《君は、とカンシュが言った、いつもポケットをマッチでふくらましてはいるが、そのくせちっとも使わないんだね》僕はカンシュに答えて、こう言った、《それは持てる者のエレガンスというやつさ。無駄使いは僕には俗悪な行為に思われる、そればかりか、使うと

いうことがすでに僕には野暮なことなんだ。君にマッチをうんとあげよう。御随意にパイプの火をおつけください》

★

君のなかで世間が非難するところのものを、十分に手を入れて育てあげたまえ、それがほかならぬ君なのだから。

★

僕の羞ずかしいことと言ったら、素裸になることと、部屋を整頓することと、それから明りを消すことだ。誰でもが自分のランプを持っている。

★

旧き無秩序を墨守している者どもを警戒せよ。

★

僕の最初の徴候の一つを、これから君に打ち明けよう。

かつては新聞の批評が僕を泣かせたものだったが、今では僕は、それを見ると元気になる。人が僕を嘲笑すればするほど、そしてこの僕が消えも入りたき心地になればなるほど、そんな自分をもっと嘲笑してほしいとさえ思うのだ。ある晩、アクソンジュが僕に敬意を表して、《君のことだから大てい大丈夫だとは思っていましたけれど》とこう言った、《僕は君のそういった症状はもっとずっと後で起るんだとばかり思っていましたよ》

僕は彼の言うことがついに理解できなかった。

★

燃えている僕の過去から、僕は何ひとつ救い出そうとはすまい。もしもうしろを振り向いたら、僕は砂糖の柱(18)になってしまいはせぬか？

★

旅行したまえ、とペルシケールが僕に言うのだった。じっとしたまま汽車に乗っていさえすれば、君のまわりでいろんな物体や生物は移動するんだ。君は旅行をすると、君の見かたが新しくなるのか、それとも単に君の眼に映るものが新しいだけなのか、どっちだか分るかね？

そうこうして君は、まるで外国人のようになって、うちへ帰って来るというわけだ。

ところで僕は、じっと動かないでいて、こうした妄想にふけり、自分の行為を無益と感じることを好むのだ。

こうして僕からユーカリ樹の皮のように、次第次第に剝がれていったものが、

A……謙虚さ、

B……ディレッタント気質、

C……自分の世界よりもはるかに聡明ではあったが、ほかの世界にとってはそれほどでもなかったもの、

D……折衷主義、

E……滑稽なもの、

F……滑稽でないもの、

G……苦いもの、

H……懦弱なもの、

I……単純なもの、

J……複雑なもの、

K……不正なもの、

および僕がかつて不安を感じ、いまでは感じなくなってしまった、いろいろなもの。

★

いまでは僕は知っている、鐘楽の夕《ゆうべ》、マリーヌ(19)で何が起るかを。ブールデーヌ(20)がこの町にいた。彼は僕に話してくれた。

素裸の鐘楽師が、ガラス張りの鐘楼のなかで、綱から綱へと跳んでまわる。すると町の上空で

天使たちが『ファウスト』のバレエを踊る。

しずかな夕暮だった……きらめく星々……のぼりくだりする街路。

もし君が立ちどまらなければ、とブールデーヌは語る、そしてもし君が強いて感覚を凝らそうなどとしなければ、鼓膜は柔らかくなり、青銅《ブロンズ》の音楽はもつれ出すだろう。

ブールデーヌが他人《ひと》をして、このマリーヌの夕《ゆうべ》の雰囲気に浸らせようとするときは、きまって片手を胸の上に当てるのだ。

どんな風にして彼らは出現したか

I

――ペルシケール、君はあの公園を忘れてしまったのかい？　僕だって、もう二度とそこへは行きかねる。けれど、ある晩、君とそこを散歩したことがあるのは、これは確かなことなんだ。

公園は海岸まで拡がっていた。

僕たちはかすかな溜息を耳にした。すると君が、《あれは……の浮標《ブイ》だよ》と言った。僕が聞き洩らしたのは、その海岸の名前だった。

いつもそこで、僕は立ちどまり、水にもぐるのだ。

僕はひとつの元素《エレマン》だ、なかには真珠が眠っている。僕はぐんぐんもぐってゆく。すると頭ががんがん鳴り出す。僕は身動きもしない。

……気をつけろ！

くらげ、扇子、海綿、
夜光虫の光、
島の影、
生物学的な夜。
僕の眼は一冊の黄色い本を、インク壺を、ペン軸を眺める。僕は何かを探している。いろんな記憶の面、日付、時代の断片、顔々、すでに為され、すでに言われたさまざまな事柄など。すると突然、一脚の肘掛椅子が何気ない風をしてあらわれ、これらすべてを食べつくし、藁をも摑まんとしている僕の気持などにはさらにお構いなく、のさばり出すのだ。
螺旋。
自分自身であることは、死なねばならぬということは、驚くべきことだ。
僕は自分の着ている潜水服をわずかに押し開く。
やれやれ！（残念ながら、真珠は持っていなかった）でもせめて、呼吸ぐらいはさせておいてくれたまえ。
おお！　僕ははっきり思い出す、あの淋しい入江の名前を。そこでは、僕らの浮標《ブイ》が溜息をついていた、紫陽花《あじさい》の碧い繁みが海を隠していた。僕らがとある並木道をくだって行くと、逃げて行く若いインド人の姿が見えた。インド人は繁みのうしろに身をひそめた。

テニス用の半ズボンをはいていた。そのインド人はね、ペルシケール、黄昏つまり夜の黎明のなかで、広々とした一つの領分だったよ。

海の響きは聞えなかった。

待てよ、道はたしか右に折れていた。で、僕も右に折れたのだ。

ヘリオトロープの香り。

僕は七段数えてのぼる。

ピアノを弾いているのが聞えた。

しまった、僕の間違いだ。もう一ぺんやり直した方がよさそうだ。

あれはね、ペルシケール、黄昏つまり夜の黎明のなかで、広々とした一つの領分だったよ。海の響きは聞えなかった。と、こう振り出しまで戻って、僕たちはそれからイタリー風僧院の四つの小さな中庭を横切ったのだった。そしてちょうど四つ目の庭の入口まで来たとき、また一人、若いインド人が一目散に逃げ出した。あれは昼顔とヘリオトロープの庭だった。(ここで、ヘリオトロープの香りがするというわけ)

ピアノの音が聞えたのも、このときだ。

特に目についたことと言えば、家の角々に窓があったこと、そしてその窓々がみんなとても狭く且つ高いので、この家の内部はどんな感じなのか、ちょっと想像もつかなかったこと。

ちょうどこのとき、僕は君に『蝶の寓話』を話しはじめたのだった。

『蝶の寓話』

むかし天津《テンシン》の町に、一羽の蝶がいた。

――ねえペルシケール、君は僕の話を聞いていて退屈しやしないだろうか？

《駄目だよ君、とそのとき君は言った、話を途中で切るなんて。ただ一言注意しておくが、蝶の羽根についていてくだくだしく説明するのはよしたがいいね。そんなことをしていたら夜になってしまうから》

(僕たちは一本の木蓮の樹のそばを通り過ぎた。木蓮の樹は塀に向って、鳩の系図をもたげていた)

ところで、と僕は話を続けた、それは素晴しい蝶だった。だから若い芸術家のパー・カオ・ツァイは……

――君の話は支那の話かい？

――うん、と僕は伏目になって答えた、実はそうなんだ。でも、つまんなかあないよ。

──その若い芸術家は何て名前だっけ？

──シュー・トオ・ツェさ。

──おや、さっきは別な名前を聞いたように思ったがね。

君の確信は僕をへどもどさせた。《──ぼく、と口ごもりながら僕は言った、話の終りの方を忘れちゃったんだ。──そりゃ残念だなあ、と君が言う、ぜひ聞かせてもらいたかったのに》

僕たちは芝生の際で別れた。

（以上のことを、僕はセーズ街とマドレーヌ大通りの角のところで、ペルシケールに語ったのである）

《おかしいね、とペルシケールは言った、君が本気でそう思っているんなら疑っても仕方がないが、その散歩のことを僕はぜんぜん覚えていないんだよ。それにしても、僕は紫陽花《あじさい》の咲いている公園に行って見たいし、寓話の終りを知りたいとも思っているので、一層忘れてしまったことが残念なのさ。

──さよなら、ペルシケール。アルジェモーヌが十五分も前から待ちかねているんだ。明日君に手紙を書こう》

翌朝、僕はペルシケールに手紙を書いた。

《親愛なるペルシケール。寓話の終りを思い出したよ。若い支那人の芸術家は、散歩の途中、その蝶を見つけたのだ。こんな綺麗な蝶々は今まで一度も見たことがなかった。彼はすっかり興奮してしまって、記憶を辿りながら、蝶のすがたを絵に描きはじめた。

先ずねんごろにデッサンし、
それから唐紙《とうし》に絵具を塗った。
そもそも天津なる町は
パリよりずっと閑人《ひまじん》の多い町だったので。

《こうした辛抱仕事のおかげで、彼は百歳まで生きながらえることを得た。とうとうある晩、いよいよ息を引きとる間際になって、彼は最後の一筆を加えた。
《すると、蝶は紙面を抜け出して、ひらひらと飛んで行ってしまった。

《さようなら》

ペルシケールの速達

君の寓話は面白かった。そのお礼にもという意味で、僕はあれよりもつまらない一つのお話を、ぜひ話しておきたいように思う。僕は息子のために、あるお伽話を作ったのだ。

ところが、その話の中で怪物に出くわす羽目になってしまったのさ。

では、そのお話をこれからするとしよう。

《そいつはぶよぶよ肥った、陰気くさい、獰猛な獣で、自分の腹の下に、絶えず泥土の熱気を感じているのだった。頭がやけに重いので、到底もたげているわけにはいかなかった。で、そいつは、頭を身体のまわりにのろのろと転がしていた。そうして、顎をすこし開いては、自分の吐く息で濡れた毒草を、舌で引っこ抜く。あるときなどは、それと気づかずに、自分で自分の脚を食ってしまったことさえあった（四）》

ここで註を入れるのを許してくれたまえ。子供たちは美しい物事に慣れさせておかなければならない。それに、僕は眠かったんだ。

《誰ひとりとして、と僕は話を続けた、そいつの眼を見たことのある者はなかった。見た者があったとしても、みんな死んでしまった。もしそいつが眼瞼を、桃色の腫れぼったい眼瞼を上げれば……

——ああ！ パパ、パパ、お願いだからもうやめてちょうだい、とメリックは叫んだ。そして上ずった声で、

《ああ怖かった。もし獣がお話のなかから飛び出してきたらどうしようかと思っちゃった！》

ここで僕はお詫びをしなければならない。

僕は、この章の続きをあとで書こうと思って、生意気にもランデヴーなんぞにふけっていた。

続きを書きたいという誘惑は、僕を駆って、即刻を要した仕事を無期延期にさせてしまった。捏粉は乾いてしまった。

こうした失敗を、僕は幾度犯したか知れやしない。

訂正に対する僕の無力と、ありていに書かれた本の率直さとは、僕に言い遁れをあきらめさせる。

僕は次のノートを生《なま》のまんまで印刷する——

返事に対してさらに返事をしようとすることは——退屈だ。

万年筆は余白と吸取紙の上で、生きはじめる。

もし君が濡れた指をガラスの鉢に当ててそろそろとすべらせるならば、僕の耳に……あの天使の口笛が……

藪から棒に、**ウージェーヌ**。

寝《い》ねがての僕らの眼にふと浮かぶ、細かい部分までいやにはっきりしたあの顔々の一つを、僕は想い出す。

II

田舎の、カムリーヌ(22)の家にいる時だった。桃色の吸取紙の片隅に、大きな眼をひとつと、まるい耳をひとつ持った一人の女があらわれた。

それから一年後、僕は自分の部屋でふたたびその横顔を見出した。切疵と、染みと、皺と、眼の下のたるみとの重荷に僕は堪えかねた。翌朝僕は、罪のあとの悔いにも似た気持を味わった。まるで自分がついうっかりしたばかりに、若い恋人を魔法のために老《ふ》けさせてしまったかのように。

ひとつの顔を描くや、それに対する責任が僕たちにかぶさってくる。僕たちは、もう気に入らなければその顔を抹殺し、気に入ればこれを大切にするという、権利を所有する。

ウージェーヌ、最初のウージェーヌ、《ウージェーヌたちの使者》は、僕を夢中にさせた。そいつは犰狳《きゅうよ》という動物に、また幼虫に、蒸溜器《レトルト》に、アオルの曲線に、天の軌道に、ぶつぶつつぶやくジャイロスコープに、どこか似かよっていた。僕がそいつに名前をつけたわけではない。《やあ、ウージェーヌだな！》と僕は言ったまでだ。ちょうど黒ん坊どもが、《や、クリストフ・コロンブスだ！　おれたちは発見された！》と叫んだように。

ウージェーヌたちが以前から、その朦朧とした集団の形にぴったり当てはまる影絵の略図を僕に送ってくれていたように、彼らはその名前をもちゃんと僕に伝えてくれていたのである。

とにかく、ウージェーヌなるものがそこにいたのだ。じっと眼を凝らし、意地悪そうな口つきをして、筒袖姿で突っ立っているそいつを、僕はかつて絵に描いた覚えはさらにないのだけれど——

髪の毛がまた僕の気にかかる。確かな筋によると、それはつけ根のところがくるくると巻いている一種の薄い金属板だというのだが、しかし、こうした外観は大して重要ではない。そんなわけで、もしそいつらの服装が僕らのそれと寸分違わなかったら、却って僕はひどく驚いたに相違ない。繰り返して言うが、そんなことは大して重要ではないのだ。せいぜい第二義的な重要性しか持たないのだ。僕はただちに了解した、ペンの先から生れたこのおかしな人物も、無限との対比においては、単なる数であり、星辰の象徴とも言うべき黄金の海胆《うに》であり、形式的な一つの記号にすぎないのだということを。

宿敵とばったりめぐり会ったときに弱者の感じる、急にがっくり肩の重荷のおりたような気持を、僕は感じたものだ。

さてまた僕は、可笑しさと不安の相半ばする気持で、モルティメ夫妻および《死《モル》》という言葉が嵌め込まれている以外には、種も仕掛もない彼らの名前を発明した（発明したと信じた）のだが、一方ウージェーヌたちについては、何ひとつとして発明したものはなかった。実際そいつらときたら、いつも徒党を組んで我がもの顔にのし歩くのだった。そしてそのことに関するかぎり、僕にはほとんど責任のないことを、僕の周囲の人たちは見て知っていたはずだ。ちょうど嵐を予感してアルプスの山々を記録するアネロイド晴雨計のように、僕のペンの下からそいつらがあらわれるのを彼らは眺めたのだった。

やがてウージェーヌたちは、僕にとって感受性の試金石となった。彼らを患者の面前に置いて、時を待ちさえすればよかった。一か八かの実験である。奇蹟に対して無関心な人は、いっかな僕の興味を惹かない。彼らはおそらく永久に、僕の愛するものを愛することが、あるいは少なくとも、僕と同じように愛することが、できないにちがいないのだ。

ウージェーヌたちが複数のSを欲しがっていることを、僕はだんだんと理解するようになった。最初は綴りの間違いだとばかり思っていたのが、何べんも執拗に繰り返しているうちに、やっと分ったのである。

そうして見ると僕は、吸取紙からウージェーヌを飛び出させるという、命令ではないまでも、ある執念を受け取っていたというわけであった。吸取紙に描かれたウージェーヌは、鰐魚をかたどって戦争をあらわしているあの古代の象形文字さながらに、造型的であり難解であった。僕はもうそいつの力の出どころなんぞつきとめようとはせずに、ただそいつを観察することにした。僕は大人しくそいつに馴れ親しんだ。

平べったい牢獄からそいつを解放してやるために、どれほど僕は苦心を重ねたことだったろう！

僕は心ひそかにせよ、《そいつの姿態のあらん限りを描いたらさぞ面白かろう》などと考えた覚えはないが、《このウージェーヌのために何とかして脱出の道を講じてやらねばなるまい》と考えたことは今でも記憶に新しい。

僕は詩人だから、絵を描くのは下手だ。思わず知らず、四分の三を描き上げてしまった人の驚きを、僕は知った。

不手際な線のおかげで、それでも初めて部屋の内部へ歩いて行くことのできた、このおかしな人物を想像して見たまえ。

どんな風にしてウージェーヌが、三次元のなかを動きまわりたいという意志を僕に伝えたかについては、あの九月の夜と同じくらいありありと、僕の記憶に残っている。あんまりそいつを眺め、またそいつの小さな眼で見つめられた結果、僕は次のことに気がついた。すなわち、ラムゼス(23)ならその一つを染み、もう一つを笏杖と考えたにちがいないと思われるような、鼻の曲線のそばと後頭部にある二本の線は、鼻と髪の毛をくっきりさせるためには、修正の線をもう一本だけ加えればよいということ。最初の線は鼻の曲線部の角に当り、もう一つは半ば巻かれた羊皮紙の、いわば稜《かど》であった。

あとはもう、手本を見ならえばよいのであった。鼻と髪の毛の次には、頬、口、カラー、ネクタイ、腹、脚、それに小さな、突拍子もない編上靴を描き上げた。間もなく、いたるところにウージェーヌたちがあらわれるようになったが、しかもそいつらは一人として同等ではなかったので、僕はそいつらを、虚無の首飾りであるゼロのように、一にして無数なるものと臆測したのであった。

ウージェーヌたちが僕の心に喚び起すようなものを、僕は今までに見たことがあっただろうか？　僕は思想の原質のなかを潜水人形のように浮き沈みしながら、そいつらが地上に誕生した事情とよく似た事情を、また、この吸取紙と別の吸取紙とのあいだの、身ぶりしている現在の僕と、僕が到達できなかったもう一人の双生児《ふたご》の僕とのあいだの、ぼんやりした古い関係を、捉え、失い、また捉えたと思いこんでいた。

あとになって僕は、それが女ウージェーヌたちの悪戯《わるさ》であったことを知った。僕たちの眼や耳をおどろかす一つの光景乃至一つの文句を、どこか他の場所で、しかも同じ事情のもとに、すでに見たことがある乃至は聞いたことがあると、千分の一秒間、不意に信じこませること、これが女ウージェーヌたちの悪戯だ。

女ウージェーヌたちは、イメージ乃至音響が感覚に触れる寸前に、記憶の神経細胞群《ノイロン》をくすぐる。その錯雑した仕掛から生ずるずれが、われわれをして、知覚がわれわれに達するちょうどその瞬間に、その知覚をばあたかも古い、すでに死んでしまったある事柄のように、想い起させるのである。

君は微笑していますね、アクソンジュ。いったい、君のものものしい博学ぶりに対して、僕はどう答えたらいいのだろう？

哲学者や学者たちの、壁を前にして臆病にも立ちどまらざるを得ないような場所が、詩人にとっての出発点なのです。

科学は単に、本能の発見したものを吟味する役にしか立ちません。

僕は君に二つの言葉を引用したいと思う。それはH・ポワンカレ[24]が、死ぬ数日前に僕に語ってくれた言葉なのです。僕はその頃大へん若く、アリス[25]の家で彼に会ったのでした。最初の言葉というのはこうです、《なぜ君がびくびくせにゃならんのだ？ そうしなけりゃならんのは、わしの方だよ。君の若さとポエジーとは二つながら特権だ。韻の偶然性はともすると暗黒のなかから一つの組織を生ぜしめ、陽気な精神は逃げて行く神秘をすばやく捉えるのだ》次の言葉はもっと素敵でした――

《そうだとも、そうだとも、と、この公明正大な人は言いました、よく分るよ。君はわれわれがどこで未知なるものと接しているかが知りたいのだろう。実を言えば、毎日われわれの研究室に何らかの不思議がおとずれない日とてないのだが、そこは責任上、われわれは職業上の沈黙を守らざるを得ないのだ。いろんなことがあるんだ、いろんなことが……(そう言って彼は鼻眼鏡をはずしました)。世間の人がわしらを信用しているのは、ただそういう確信にすがっているということにすぎんのだ。未知なるもの！……》

サモワールと、セーヌ河の一銭蒸気の響きとが、僕の耳に聞えてくるのでした。《現在、われわれにとって未知なるものとは、ちょうど坑道を掘る坑夫たちにとっての、手をつなぐために向うがわから掘り進んでくる仲間の坑夫たちの鶴嘴《つるはし》の響き、厚い壁を通して聞えてくるにぶい音に似ている》

どうですアクソンジュ、本当のことを言ってください。ちょっとしたもんでしょう？　それに、彼はもう死んでしまいました。彼は殺されたのです、未知の警察に。

どうも話が脱線したようだ。どこまで話したのでしたっけ？　ああ、そうそう、女ウージェーヌたちが悪戯するという仮説を聞いて、君が微笑したので、（整理しましょう）彼女らの出現について説明しなければならなくなった、というわけでしたね。

そもそも女ウージェーヌはどんな風にしてあらわれたのでしょう？　とある晩、ぐったり疲れた僕の手がさまよっていたページの上に、そいつはひとりでにあらわれたのです。

君は知っているはずだ、ペルシケール、夜明けの光を、コンコルド広場の野菜車を。人々は遊び疲れてわが家に帰る。着替えをして寝床に入る努力を遅らせる。それさえが力にあまることなのだ。実のところ、僕は翌朝になってはじめて、乱れた跡のあいだに、一件を発見したのである。女たちの一人が眠たげな、しかも真面目くさった様子をして、一人の男ウージェーヌとこんぐらがっているのだった。彼女を描いたペンの線は、まさしく男の肋骨から出発していた。

僕は一対を描いた。
それから一団を。
それからアルバムを。

ウージェーヌたちの使者と、最初の女ウージェーヌとの透写図

ウージェーヌたちのアルバム

あるいは
面白く終る
ような
お話はかえって
いっそ
つまらなく
終るもの

これがウージェーヌたちのアルバムだ

後になって僕は、デッサンだけでは説明不足だと考えた結果、これに本文を結びつける権利があると思った。

君自身の内以外に、モルティメを探したもうな。

この夫婦は、ジュネーヴのとある湖上で、楽しい新婚旅行を終える。ジュネーヴの湖水！　一滴でも水嵩が増せば、湖水は氾濫する。神様はてんでむら気な風景画家だ。

★

ウージェーヌたちは腹の減り具合によって、あるいは簡単に参ってしまう夫婦を、あるいは簡単には参らない夫婦を、選ぶのである。

ところで今回は、《典型的なモルティメ》夫妻とぶつかったので、ウージェーヌたちは安心して気永に待っている。もう舌なめずりさえしている始末だ。

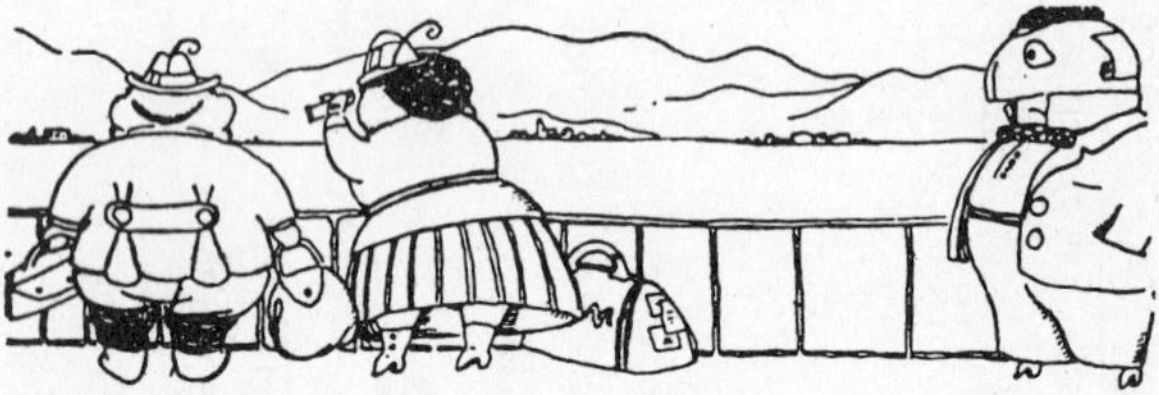

ウージェーヌの一人が初めてモルティメ夫妻を見つける

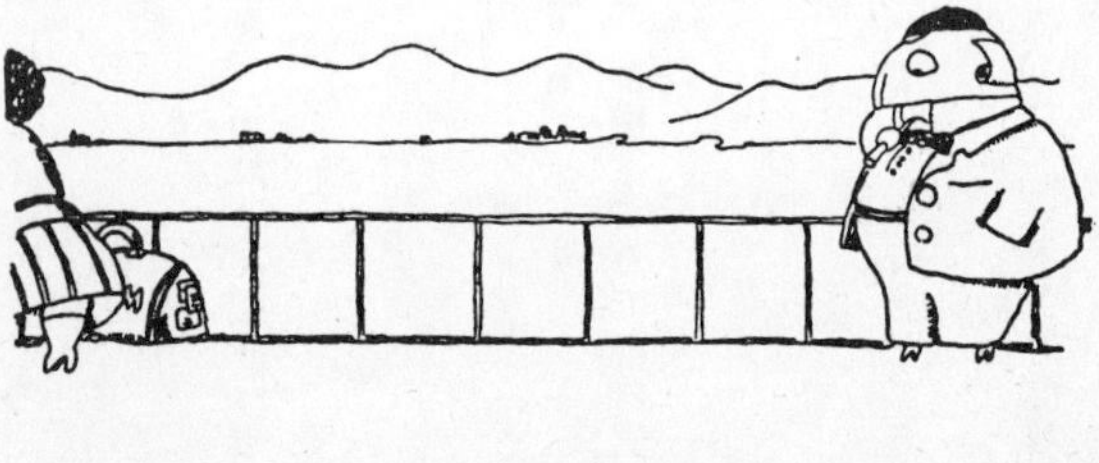

合図

女ウージェーヌ

正面向いた夫妻

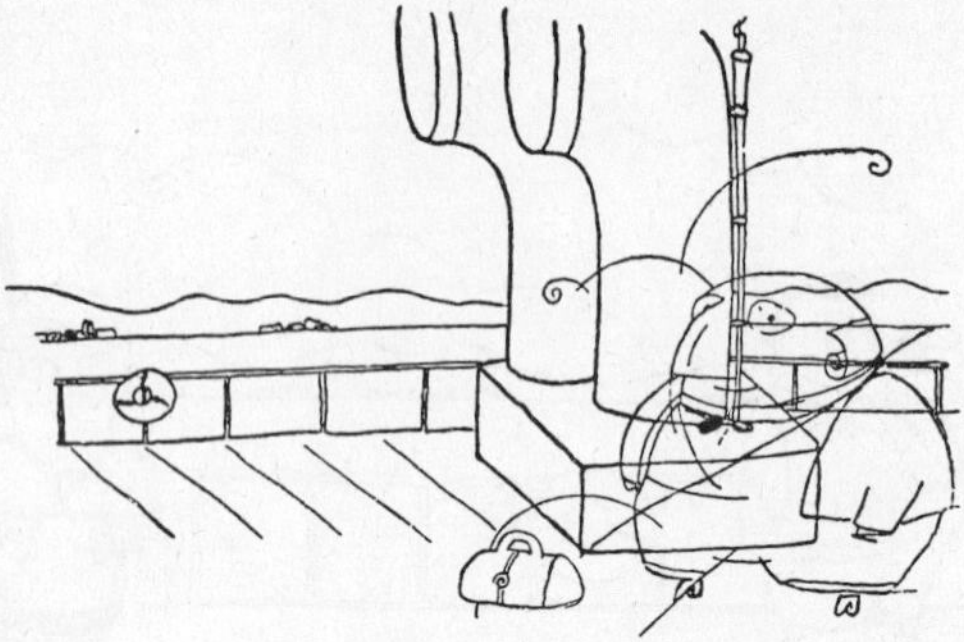

「一件」の入っているスーツ・ケースの番人

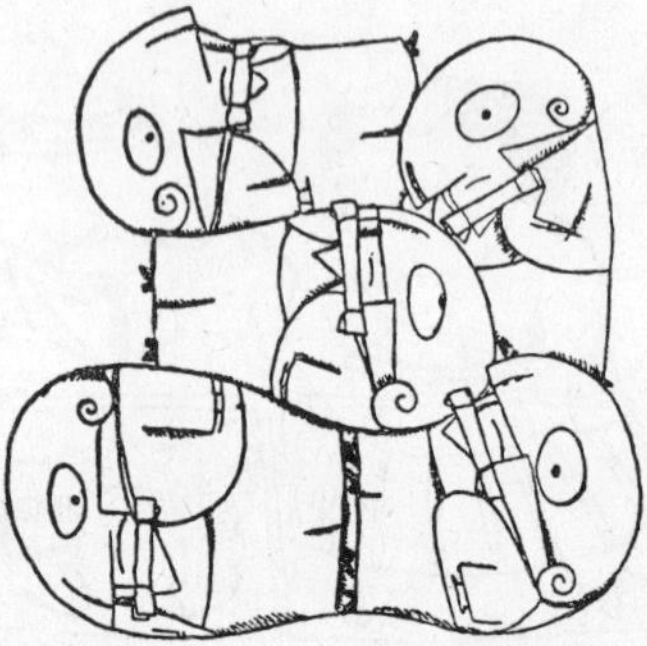

集団の精神

船着場

食事

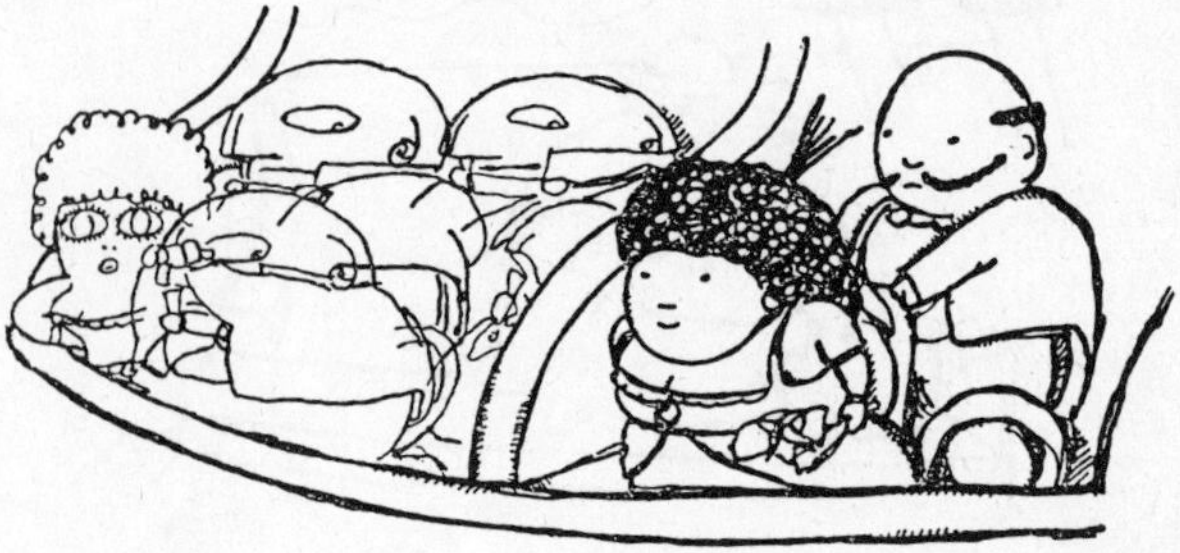

劇場

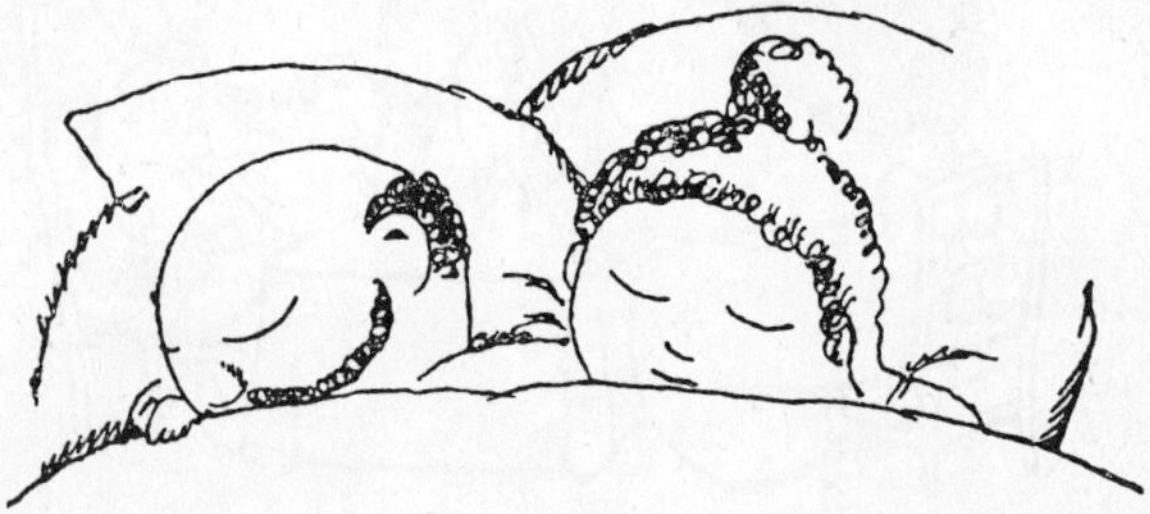

睡眠

モルティメ夫妻の夢は
とても充実した、とても円い（二人とも同じ）夢なので、
ウージェーヌたちが入り込もうとしても、なかなか入口が見つからない

お祈り

愛
モルティメ夫妻の……

……心はただ一つ

詩心

ダンス

絵画

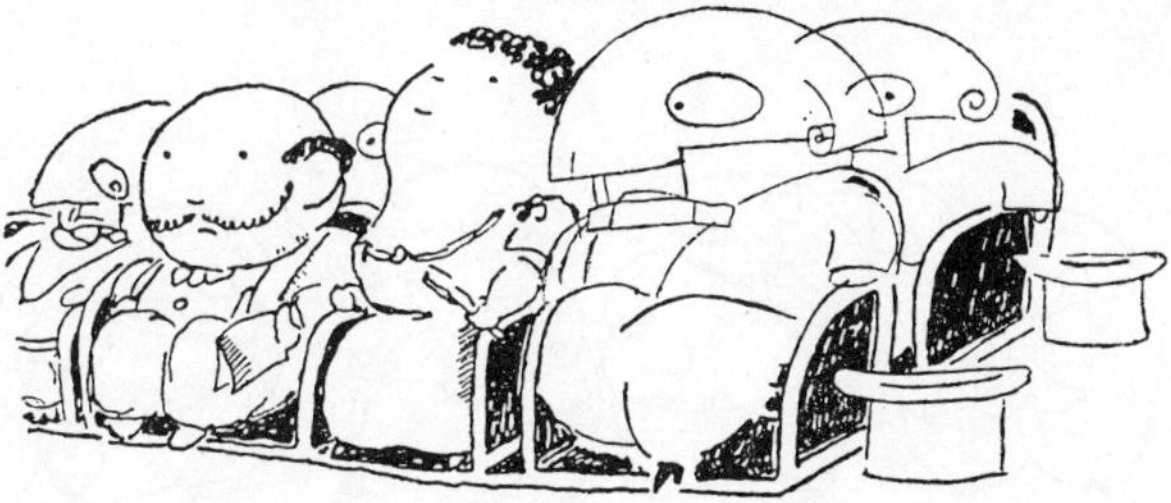

音楽
何一つとしてモルティメ夫妻の平和を乱すものはない

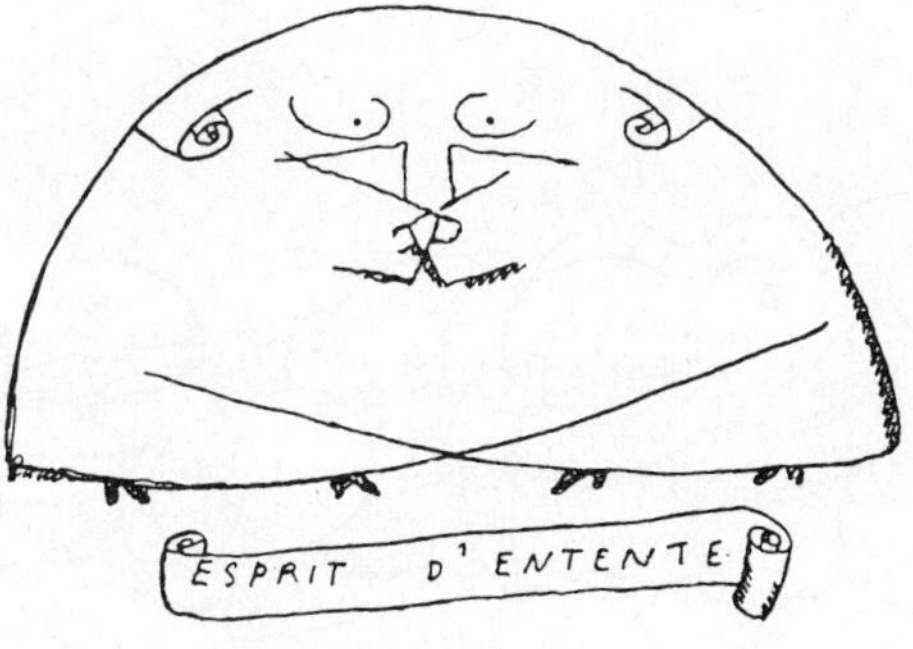

協調の精神

ウージェーヌたちが方法を発見して喜んでいる

「一件」

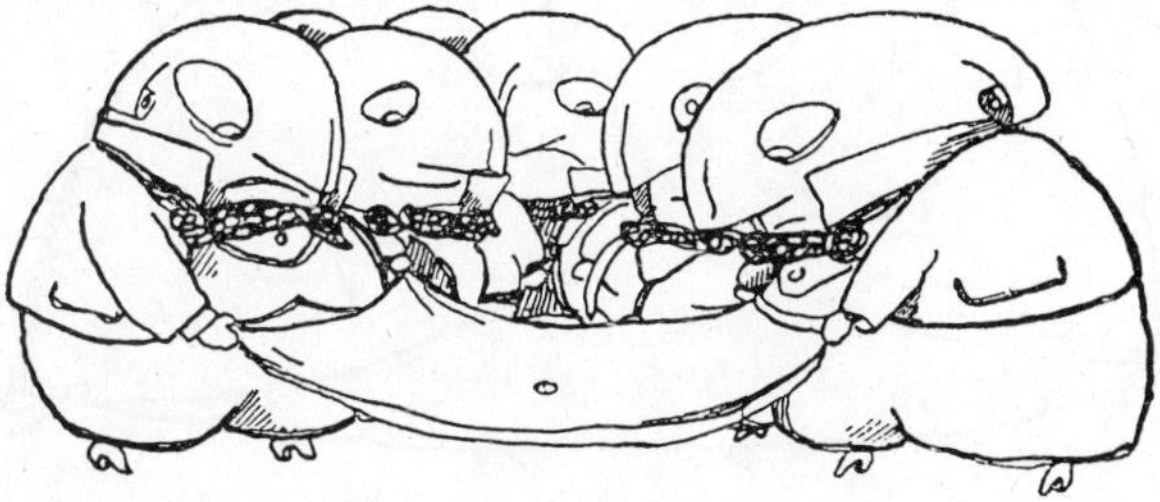

パルシファル　その一

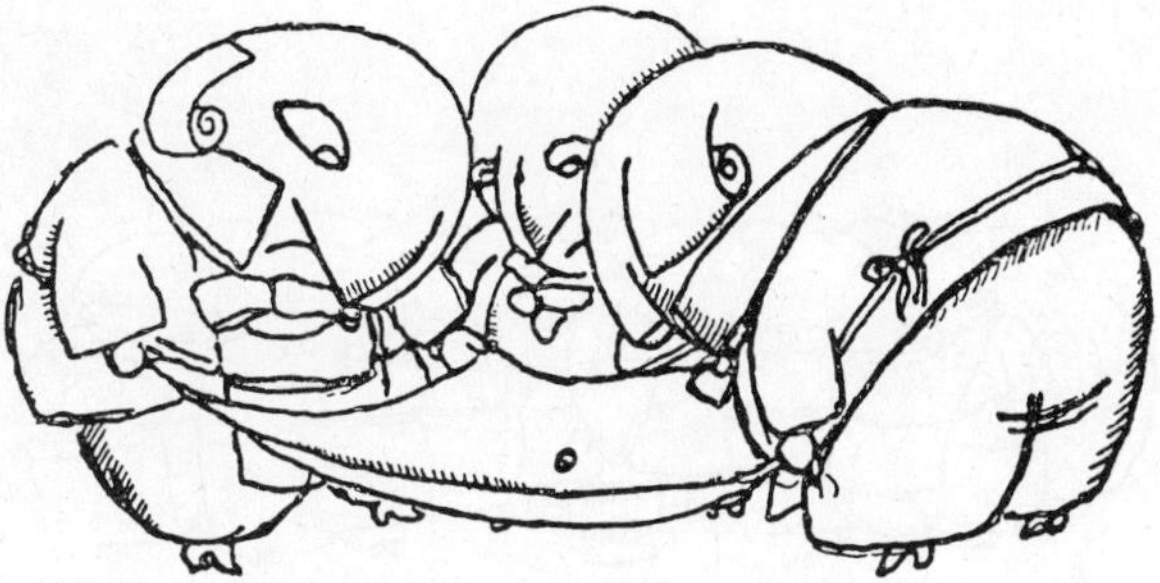

パルシファル　その二

パルシファル　その三

パルシファル　その四

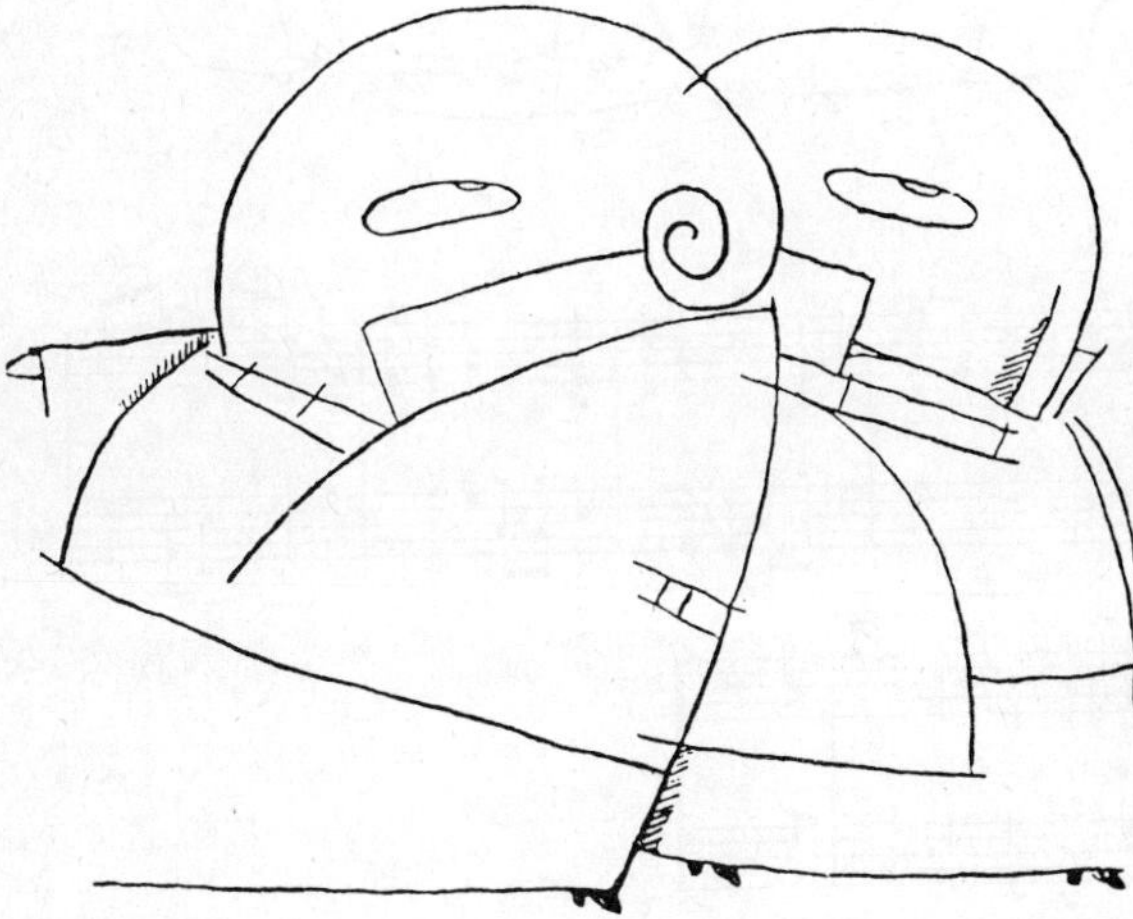

儀式の精神

行列

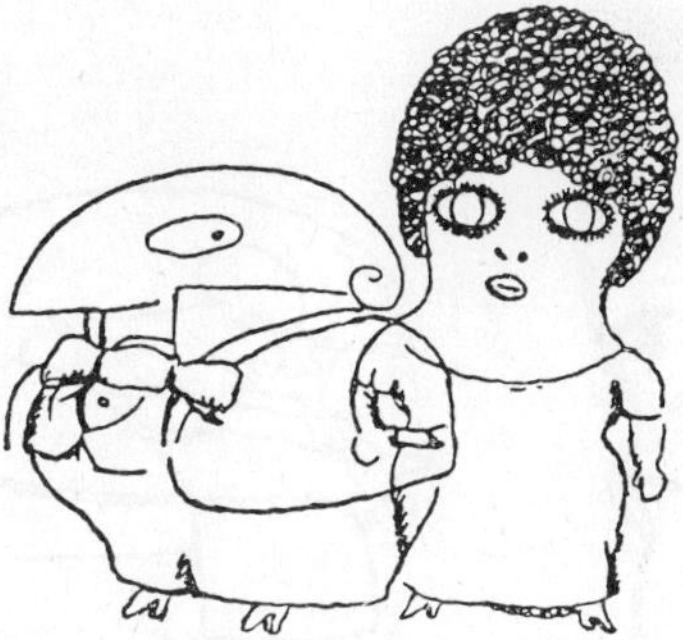

ある命令

ウージェーヌたちの方法　モルティメ夫妻は、誰かが自分たちの部屋のドアをたたこうとは（そして自分たちが驚かされようとは）夢にも思っていない
一続きの準備——「一件」を用いて薬液（エリキシル）を撒き散らす——噴霧器　——まずエリキシルの小手しらべ（「一件」の不思議な効力）

さあ！

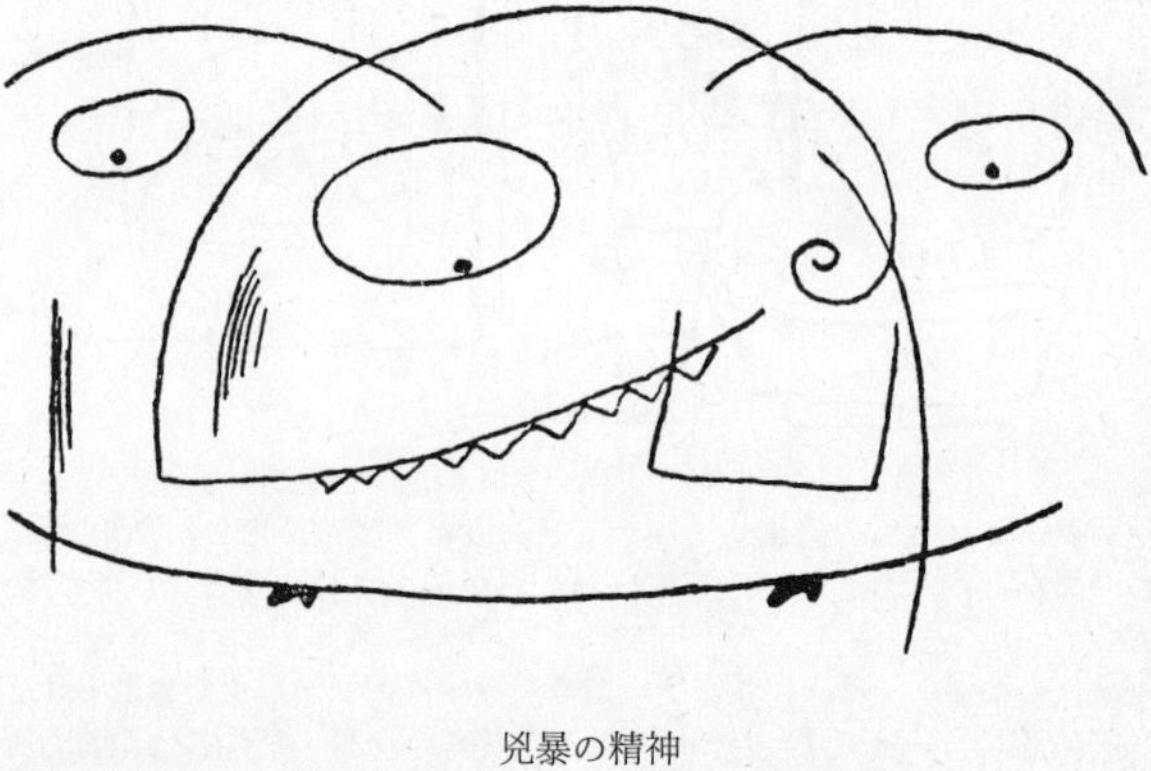

兇暴の精神

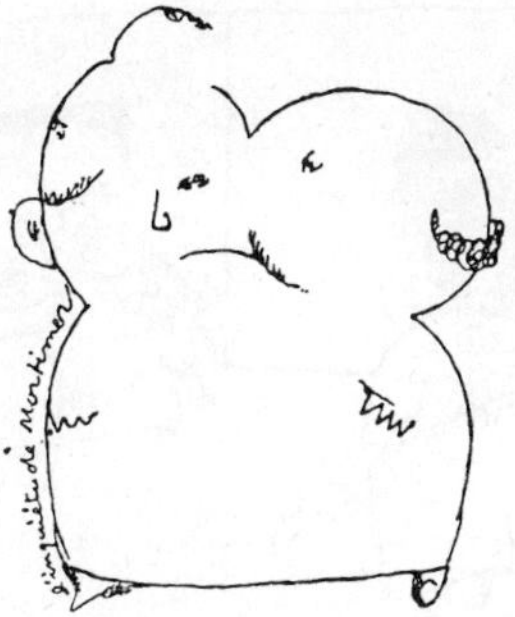

方法の成功
（モルティメの不安）

ドア　その一

ドア　その二

モルティメの苦悶

吸いつき女たちが仕事にかかる

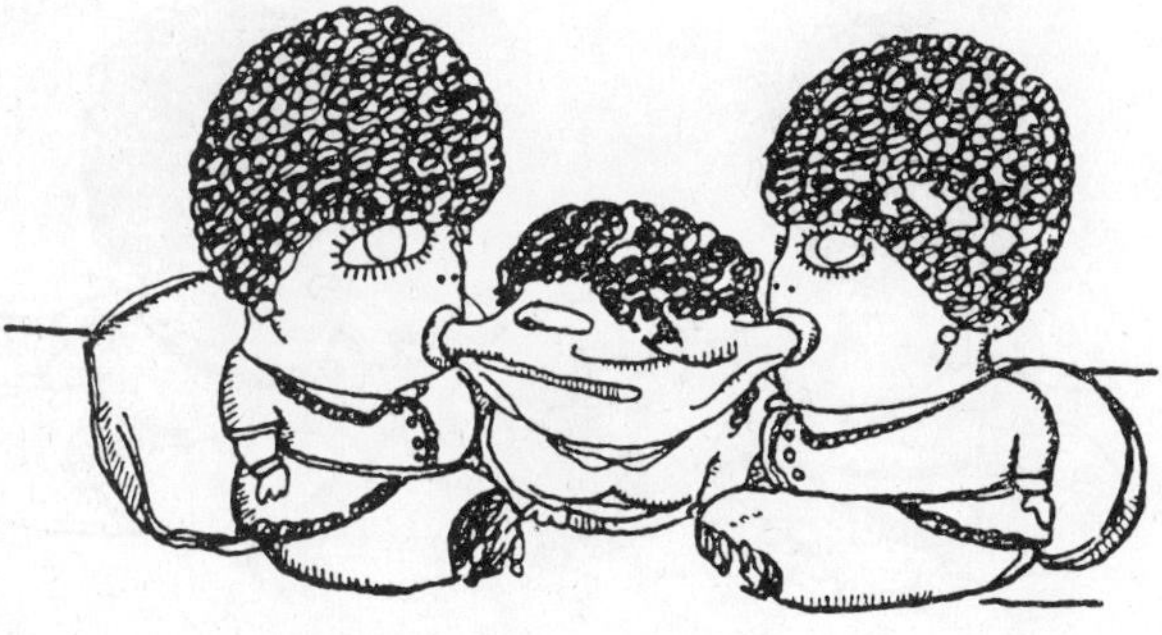

吸いつき女たち

吸いつき女たち

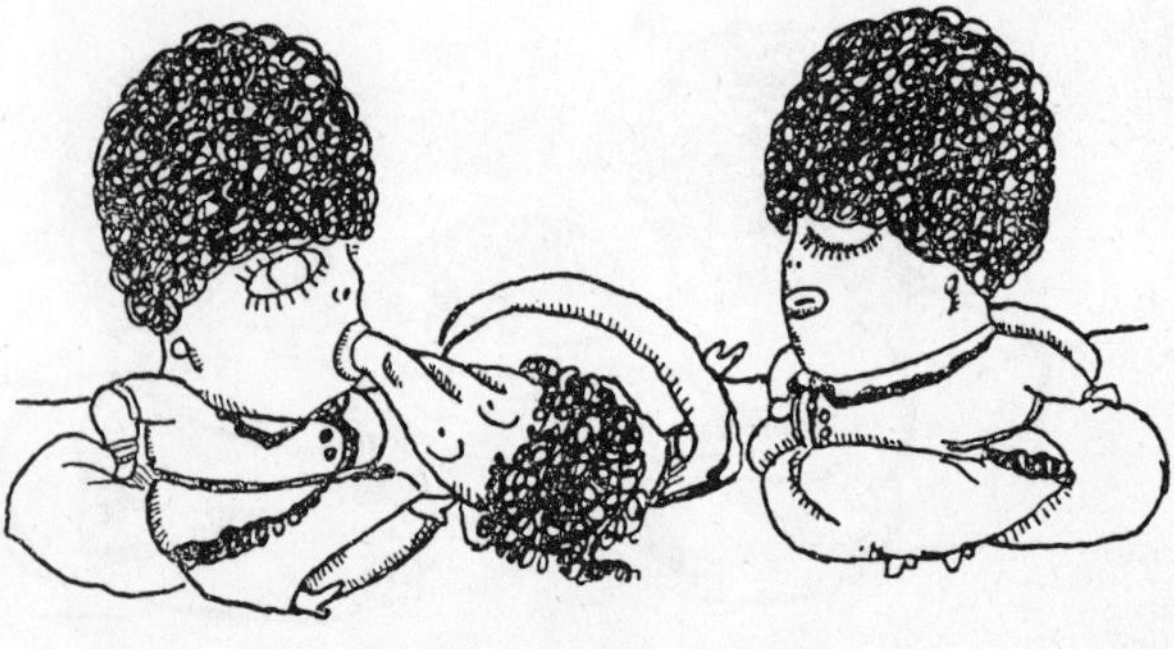

食い飽きた吸いつき女

お喋り女たち

これもお喋り女たち

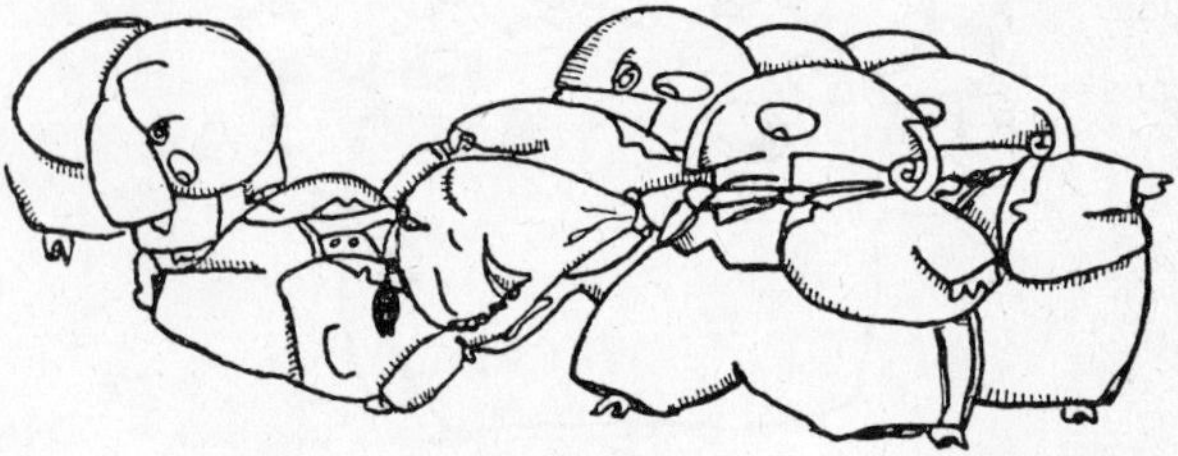

男たちの番

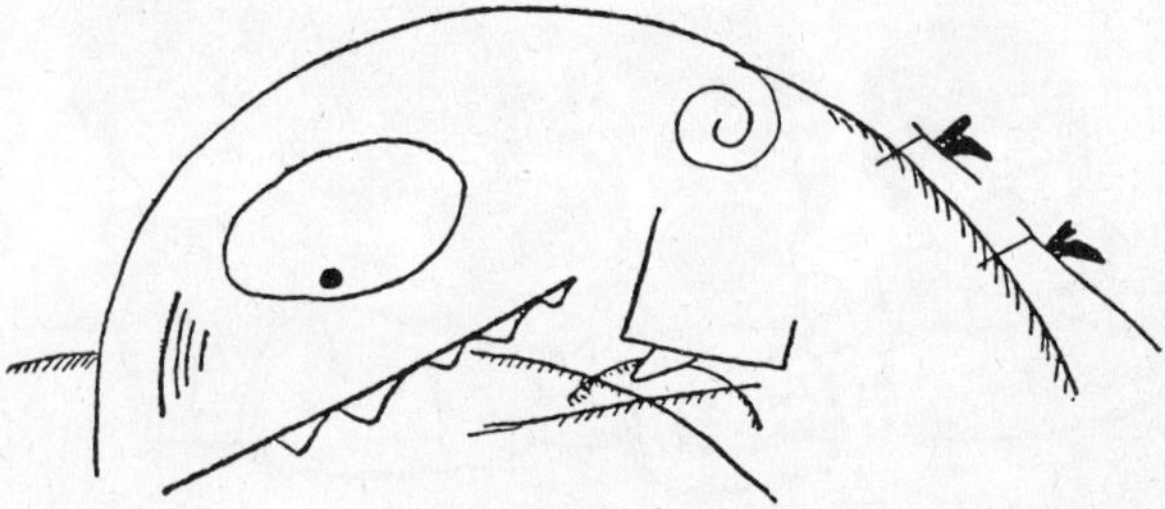

貪食の精神

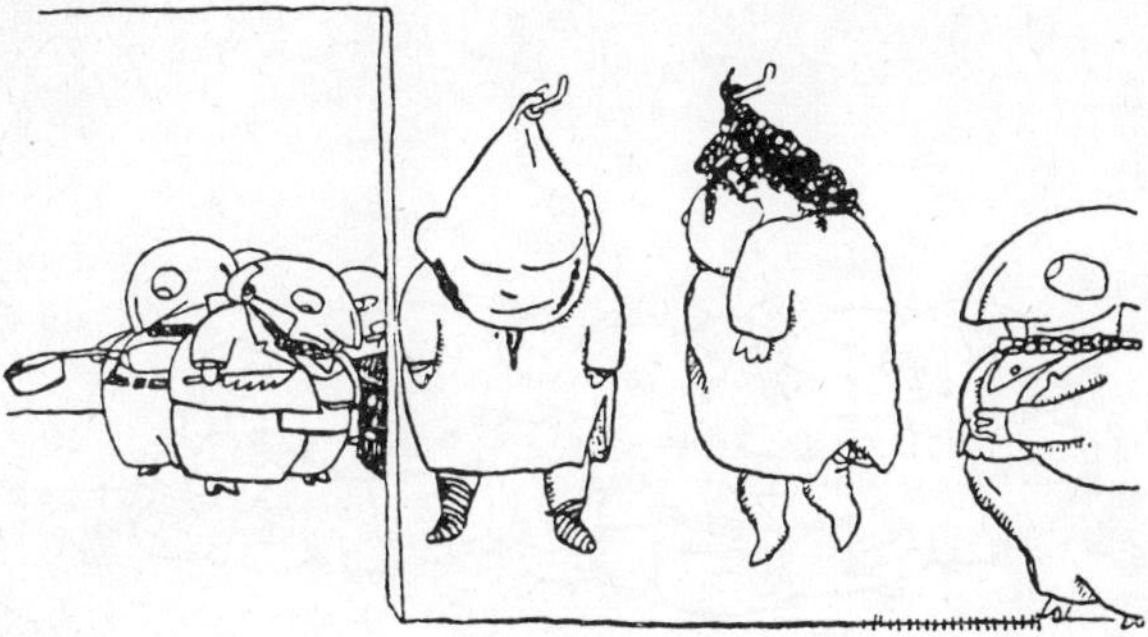

料理場　その一

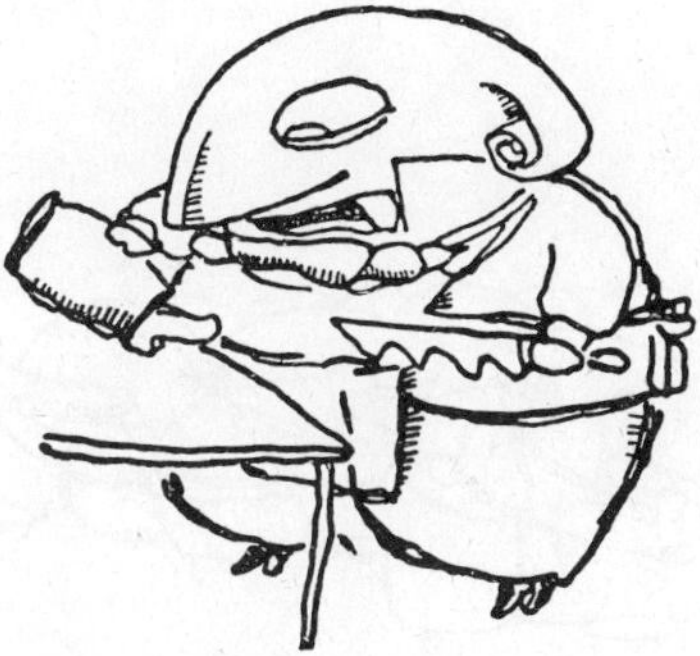

料理場　その二

食事　その一

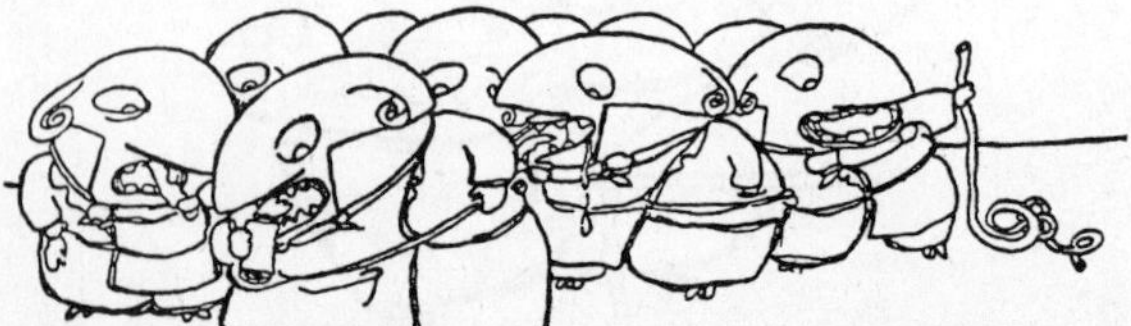

食事　その二

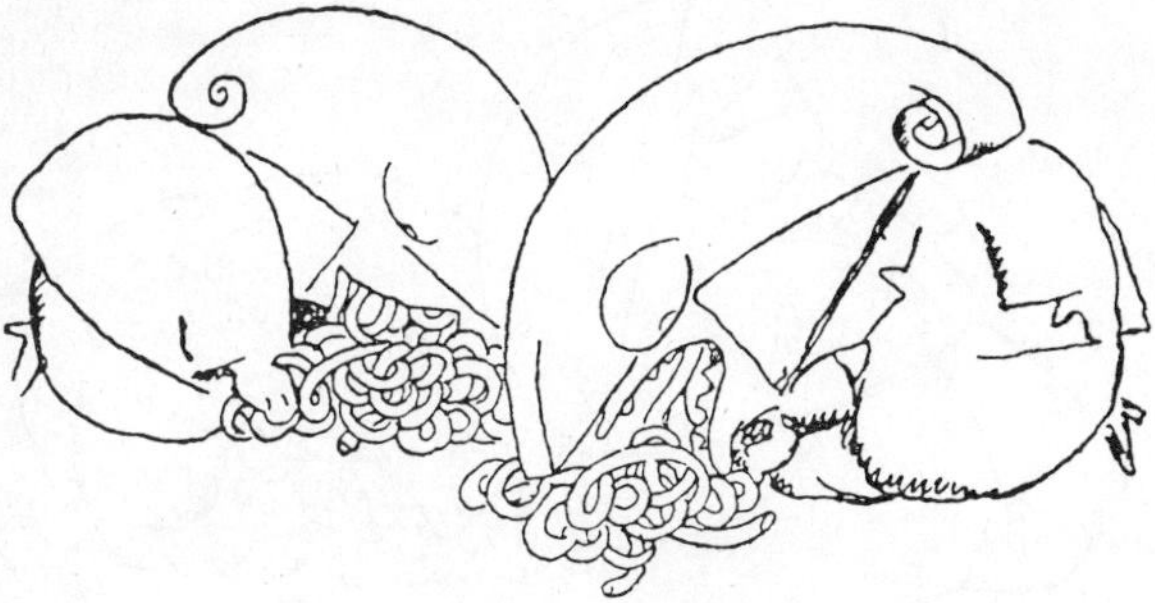

食事　その三
(君は内臓を食うのかい？)

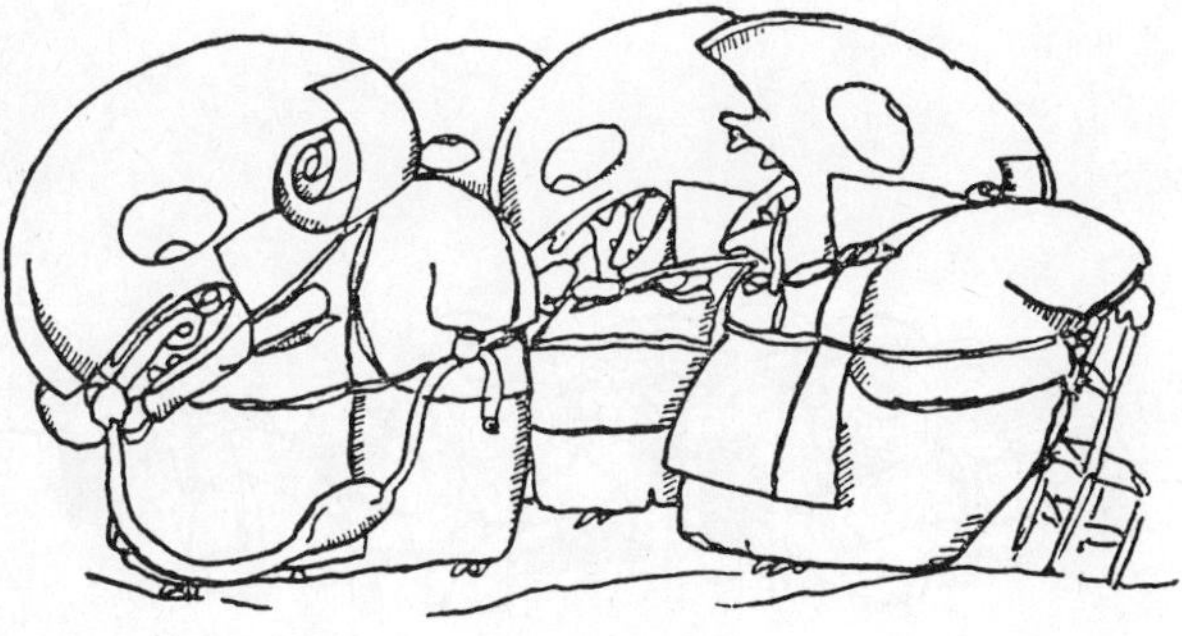

食事　その四

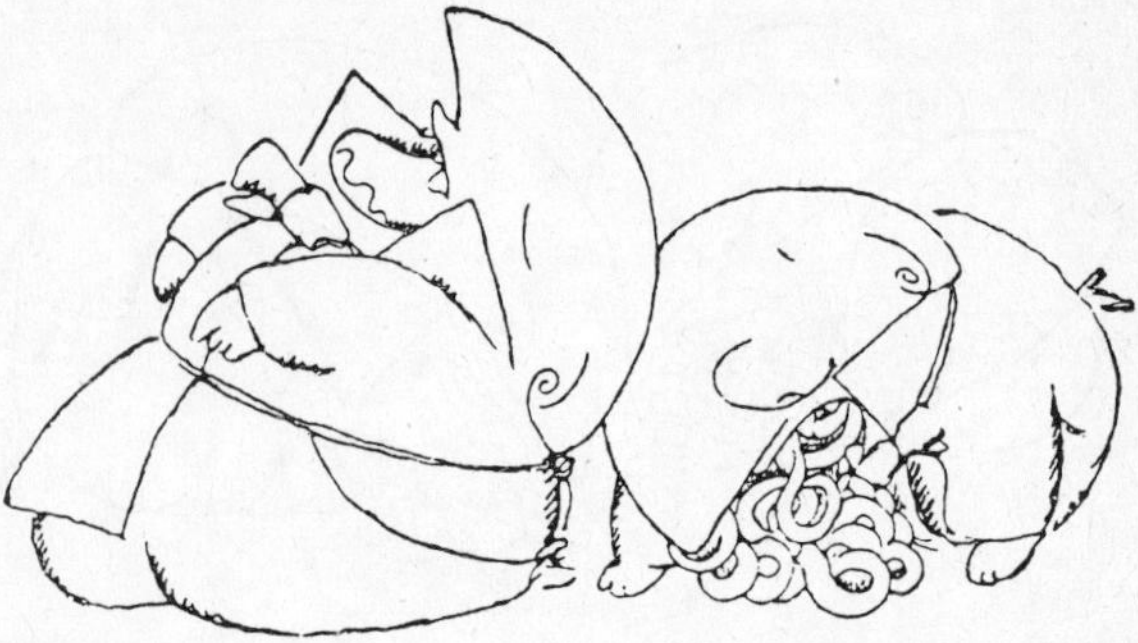

食事　その五

消化　その一

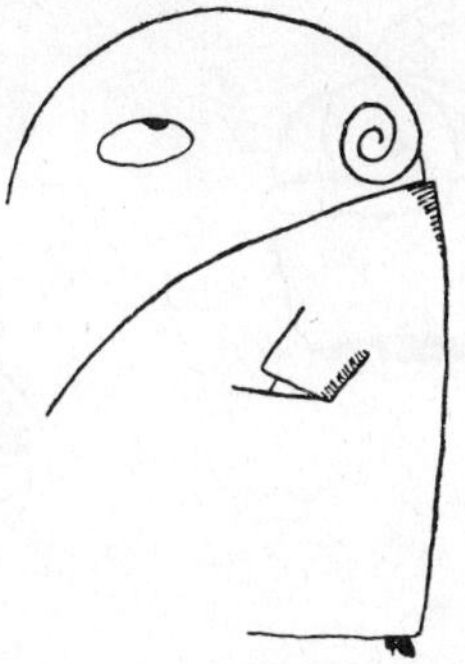

消化の精神

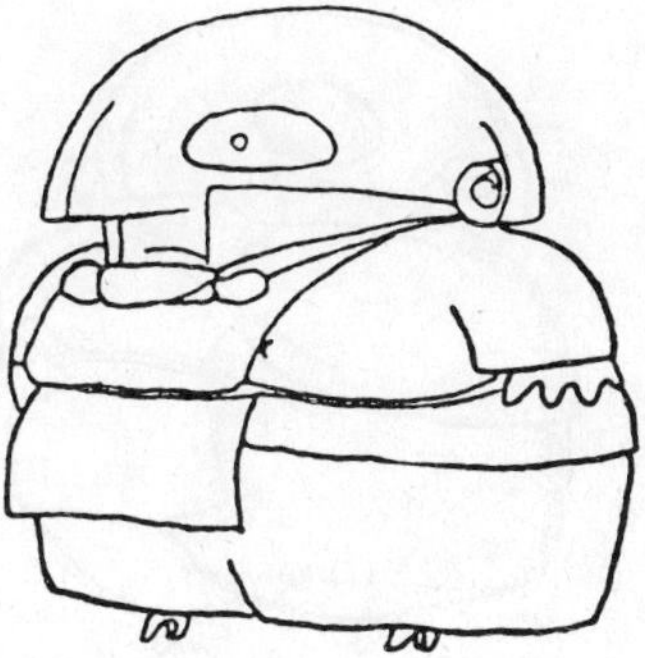

消化　その二

消化　その三

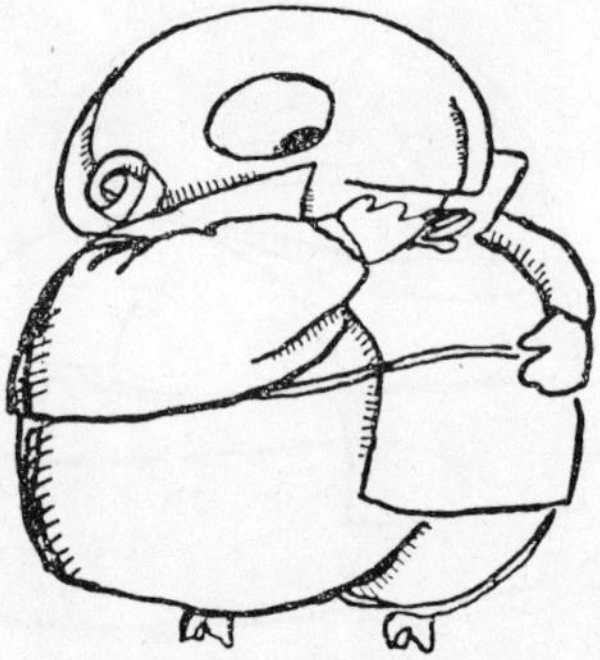

消化　その四

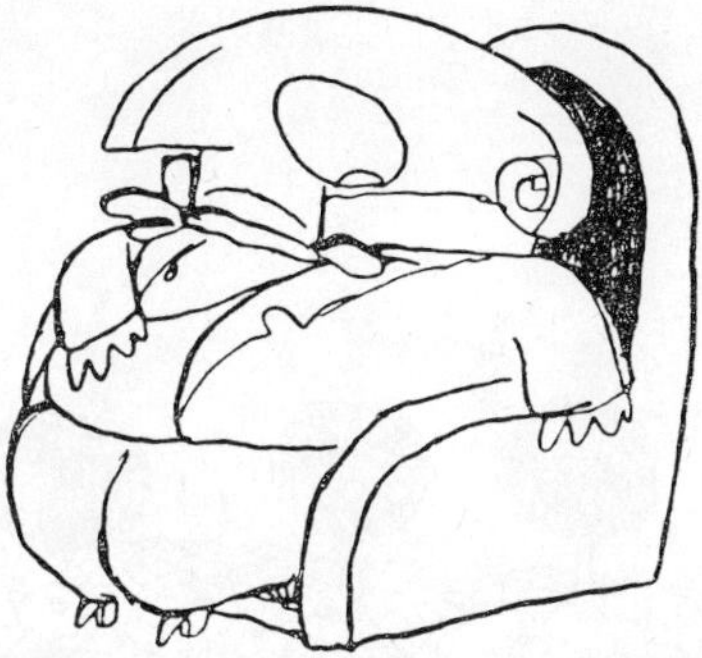

消化　その五

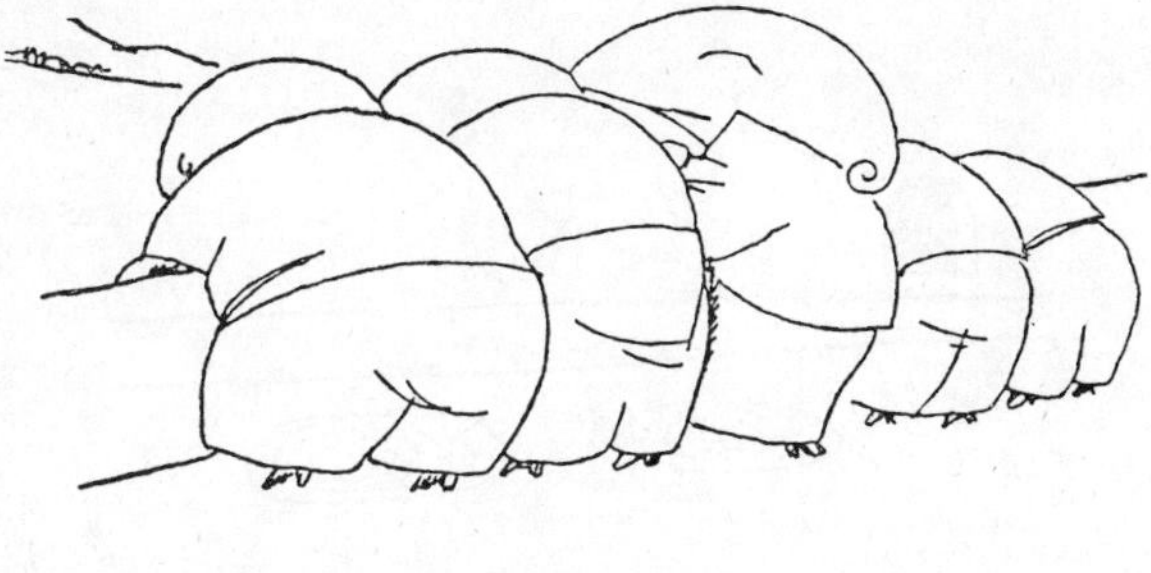

不消化（裏）

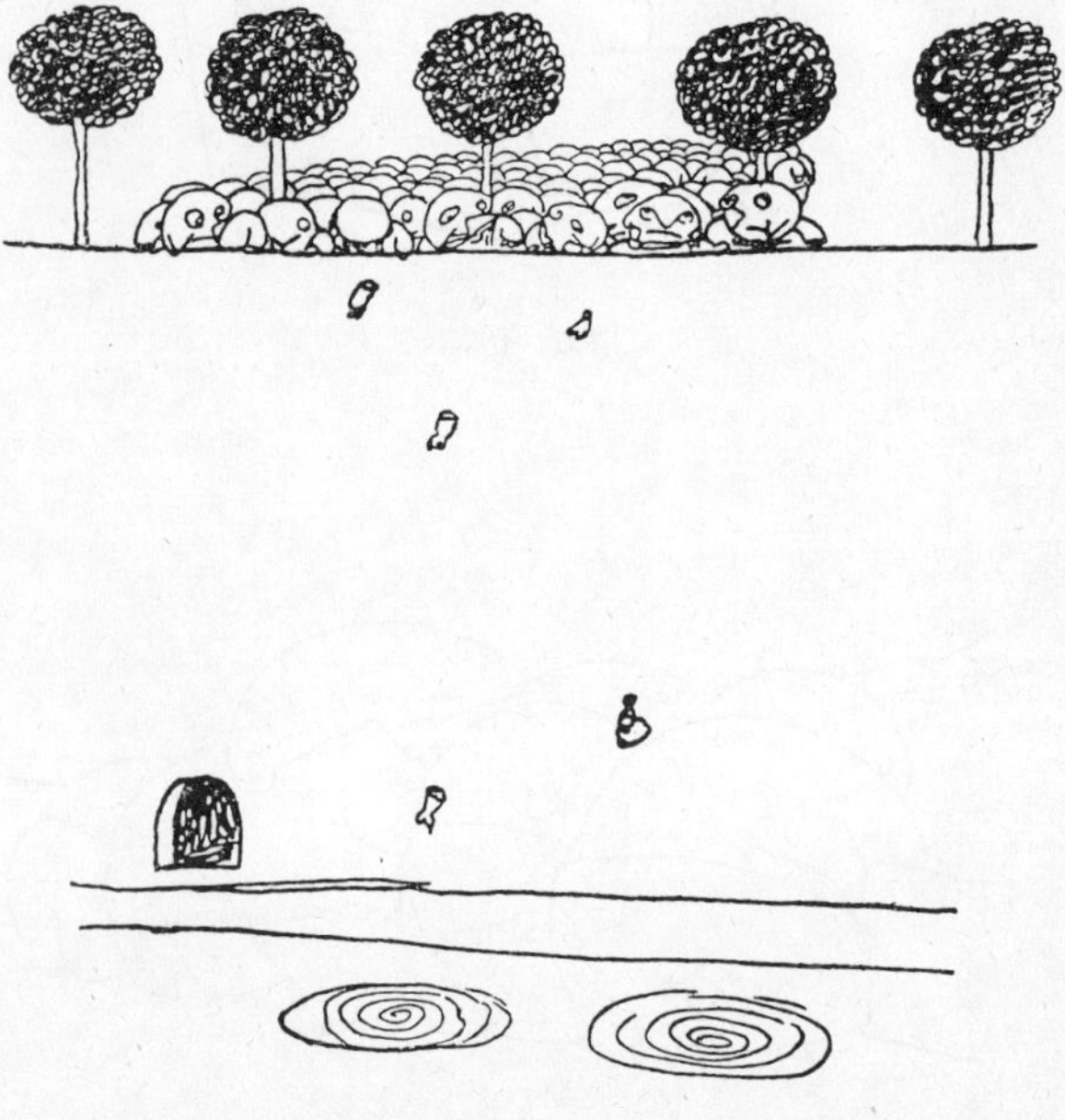

不消化（表）

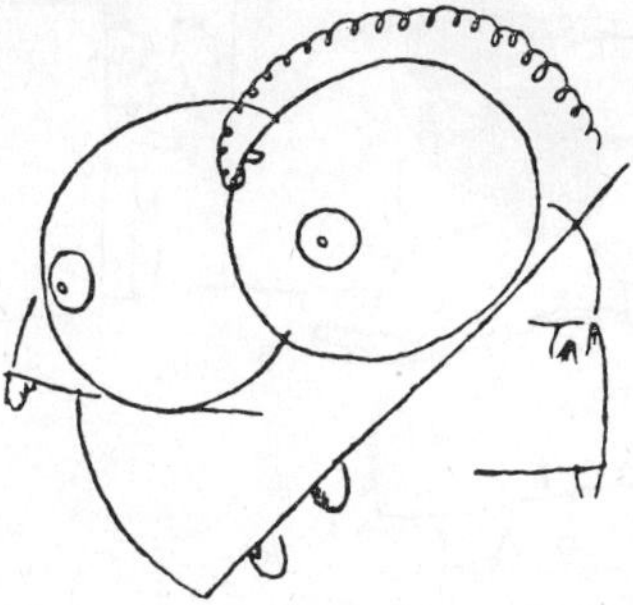

（改造の根源的精神）
モルティメ夫妻はふたたび徐々に出来あがり……

……ウージェーヌたちがドアをたたいたときのままの姿で、自分たちの部屋にもどっている

女中が水を持って入ってくる
――まるでドガの絵のようね！　と、モルティメ夫人が言う
――うん、とモルティメ氏が答える　そして眼くばせしながら、「だが、絵の方がもっと廉く手に入るだろうよ」

ああ！

帰途

ペルシケール、こんなぞんざいなデッサンで御免よ　しかし他のデッサン（たとえば、みっともない噴霧器のデッサン）には、こうしたつたない洒脱味はなかった

ウージェーヌたちのアルバム終り

三人の友達、
アルジェモーヌ、
ブールデーヌ、
ペルシケールへ、
ウージェーヌのことを告白する――

アルジェモーヌからの返事、

相変らずあなたの神経は、云々……もしあなたがニースで一月暮らすことに賛成してくださるなら、云々……そんなに物分りがおよろしいとは何という残念な……云々……

ブールデーヌの返事、

――奇怪至極であり、かつ何か錬金術めいております。
不可能なる利用とでも言いますか。

最後にペルシケールからの長文の手紙。

ペルシケールの手紙

親愛なる友よ、

僕は十六歳だった。ある劇場の廊下で、僕は高踏派の詩人ピガモン[26]に会った。若い人達が彼を取り巻いていた、まるで一人の博士のまわりを大勢のキリストが取り巻いているように。ある友達の手を介して、僕の詩はすでに彼の目に触れていた。《それでは詩人君、とピガモンが僕に言った、今月の十四日にうちへ来たまえ。一緒にオムレツを食べよう。君の将来について語り合おう》僕はこんな夢のような機会の到来を夢想だにしていなかった。別に僕は他の連中以上に、巧者な彼の詩の讃美者だというわけではなかったが、感じやすい僕の心は、自分を認めてくれた人に対する感謝の気持でいっぱいだった。その晩、僕はわが家の食卓でこの話をした。母は良かったねと言ってくれた。妹はピガモン作の『黄色い衣裳』を暗誦した。叔父はというと、カフェ・ナポリタンでピガモンに会ったことがあり、彼を自分と同様アブサン酒の愛好者だと信じていたので、僕が彼のような大家の引き立てを蒙るのは願ってもない幸いだと述べ立てた。残念なことに、熱中しやすい年頃というものを知悉していた父さえが——父は真先にセザンヌの絵を買った組ではなかったかしら？——もう声を大にして僕の向う見ずを叱ってはくれなかった。

四日四晩、僕は飯もろくろく食えなかった。四晩とも夢を見た。最初の晩は、ピガモンがインドで死んだ夢。二日目は、僕の叔父がピガモンだった夢。三日目は、ピガモンが地面すれすれにぴょこぴょこ飛んだ夢。そして最後の晩は、まんじりともしなかった。待ち遠しい四日間、空虚でおそろしい四日間だった。とうとう僕はピガモンの家へ出かけた。

ピガモンはゲネゴー街の四番地に住んでいた。

女中が出てきて戸を開けた。僕は名を名乗った、それがあんまり小さな声だったので、二度繰り返さなければならなかった。——旦那様はあなたをお待ちしていらっしゃるのでございますか？　——ええ、と僕は答えた、もちろんそうです、僕は食事に呼ばれたのですから。

僕は閨房のような部屋に通された。

閨房は薄暗かった。眼が慣れるにつれて、くすんだような、一つ一つが雰囲気をぶちこわしにしているような感じの、家具や装飾品が見えてきた。肘なし大椅子、ふらし天、縞瑪瑙、ポケットに手を突っこんだ口笛を吹く少年の陶器の像等。だが窓のそばには、狭い街並にもかかわらず四月の空の明るさを反映して、一つの美しい傑作、マネ描くところのボードレール像が見えた。君はこの絵を知っているか？　この絵には、ローラ・ド・ヴァランスにおける以上に、薔薇色と黒との宝石の思いがけない美しさを発見することができるのだ。ここでは眼、ネクタイ、それに生々した頰が、黒玉と珊瑚とのコントラストを作っているのに対して、かのスペインの婦人像においては、枝葉模様と黄色い顔とが、ボードレールのアレクサンドランのなかに一つの隠れた意味をば発見させるよすがとなっているのだ。なおまたほかの場所では、マラルメが仮面を持ち上げている。貝殻細工の黒ん坊女は、《オランピア》の黒ん坊女ではないかしら?

ともあれ、先へ進もう。話しかたはまずいが、仕方がない。目の前にレールがある以上、僕はそれに乗ってどんなところへだって行くだろう。

僕は巨匠を、高踏派の旗頭を、いまや遅しと待っていた。

僕はこれまでに二度ほど、それと同じような不安を感じたことがあった。一度はエレベーターのなかで。骨の髄にバターを塗られるような気持。もう一度は軽気球に乗ったとき。そうだ、阿呆な厚皮動物の意のままにゆらゆら揺れながら吊籠に乗っていたときも、これと同じくらい眩暈《めまい》がしたものだった。

二時が鳴った。いろんな物体が、僕に馴れて薄闇のなかからぞろぞろと繰り出してきた。先ずピアノが、それから竪琴が、それから世界地図が、それから臆病な幾つかの椅子が。

僕は口上をあらかじめ考えた。ピガモンがあらわれたら、こう言ってやろうと思った、

《ムッシウ・ピガモン、

あるいは　敬愛する先生、

あるいは　ムッシウ、

僕を待たせたことで弁解なさらないでください。事柄が貴重であればあるほど、僕はそのために麻糸をほぐすのが一層好きなんです。僕は糸を切ってしまうような馬鹿者を軽蔑します》僕は明瞭で直截な表現を探した、《僕は決して急ぎません。僕は麻糸をほぐします。切ってしまうようなことはしません》さもなければ、《あなたは麻糸を切っておしまいになりますか、ムッシウ・ピガモン？　僕は辛抱強い人間です、辛抱することが楽しいのです。僕は麻糸が好きなんです》

声が僕の思いを中断した。先生のくぐもり声と、女中の声とを僕は聞き分けた。

――そのひとはどこにいるんだね？　とピガモンが訊いていた。どんなひとだね？

――食事に招かれたと言っているのでございます。痩せっぽちですわ。だからと言って、私としては旦那様のために当然なすべきことをしたまででございますよ。

この返事が僕をしゃちほこ張らせた。《そのひと》というのがだんだん分ってきた。自分こそそれだと悟った。二人はまだ言い争っていた。ドアが開いた。

――僕は麻糸が好きなんです、と僕はどなった。

それっきりだった。

この慎み深い告白も、ピガモンをさらに驚かせはしなかった。

――そうか、君だったのか！　と彼は言った。やれやれ、僕は君のことをすっかり忘れていたよ！

ピガモンの風姿たるや、まことに異様であった。彼は薄桃色のドミノを着、レースの鬚のついた仮装舞踊会用の黒い仮面をかぶっていた。

君は分るだろうか、公証人のフロック・コートばかり見慣れていた十五歳《（ママ）》の中学生にとって、さんざん待たされた挙句の果の、かかる異様なお出ましが、どんなに驚くべきものであったか？　僕のびっくり仰天ぶりは、はた目にもよく分るものだったらしく、彼はさっそく弁解して、こう言うのであった、

――実はこんなドミノを着ているのも、風邪をひいたからなんだよ。またこの仮面は、鼻のあたまの膏薬を押さえるためなんだ。ころんで瘤をこしらえたんでね。丹毒にでもなったら大変だというわけさ。セリーヌが君のことをぶつぶつ言ってるよ。ま、はやく食卓につこう！　食卓に！　有り合せのものを何なりと食べて行ってくれたまえ。君ぐらいの年頃では、僕は一度だって招待されたことなんかなかったもんだ。

僕らは食堂に通った。そこでは、大鳥籠がいちばん広く場所をとっていた。ピガモンは食堂に入るや、しきりに愚痴をこぼし出した。それから鷹揚な身ぶりでゴム長靴を脱ぐと、片っぽずつ、ところかまわずほうり出した。片っぽは前菜《オルドウヴル》の上に落ち、もう片っぽは、ぴいぴい囀っていたカナリヤどもの肝を冷やした。僕らは向い合って坐った。二組の膳立

が待っていた。食事中、ひとりの洟たらし小僧がやって来て僕らと一緒に坐ると、お母さんはたぶん出て来られません、と僕らに告げた。彼女は作曲をしているのだった。ピガモン夫人は音楽家だったので。

——チュシラージュ、奥方さまに何か運んで行ってやらなきゃいけないんだろう?

——かまいませんよ、と、この藪にらみの子供が答えた、前菜《オルドウヴル》を召しあがるんですってさ。

至極簡単な食事だった。ピガモンは、シャルトルーズ酒と混ぜた白葡萄酒を、みずからコップのなかで掻きまぜて飲んだ。彼は有名な、とはいえ僕の知らないいろんな逸話をこしらえ出した。日付や年代をごっちゃにしながら、ヴェルレーヌや、ボードレールや、バンヴィルのことを話すのだった。一枚のゼラチンが彼のまわりを取り巻いて、近づきがたくしていた。そして、(彼自身熱狂的態度を誇示しているのであってみれば)人はどんな風にしてこの夢遊病者が外界と接触を保っているのか、理解しかねるのであった。

一匹のスパニエル犬が息子のまわりを跳びはねていた。僕はその毛並と可愛らしさとを賞めた。

——可愛らしいって、とんでもない、とピガモンは言った。チュシラージュにしょっちゅうやっつけられてるよ。こいつの衣裳は僕の古いズボンでこさえたものだが、やつめは自分の主人の香料の臭いを嫌がってるんだ。

《香料の臭い》という言いかたが僕には不可思議だった。僕はマレルブの風変りな詩句、

汝はアッシリアの香料の臭いを放つ

をまだ知らなかった。

僕がいくつかの御馳走、たとえば林檎だとか、いたみかけたバナナだとか、トルコのコーヒーだとかを飛ばして先へ進むのを許してもらいたい。さて、僕らは食卓を離れた。
――ボーイ、とピガモンが女中に言った、ハバナ葉巻を持って来い！
チュシラージュはとうに居なくなっていた。

おお！　僕は何と馬鹿だったのだろう！　驚異の一つ一つは大部分忘れてしまっているくせに、唯それが連続していたということだけでわずかに覚えているような一時期を、僕は空虚な時期と考える。僕はポエジーを一つのすさび、選ばれた人の手すさびだと信じていた。野蛮人が宣教師もろとも伝書鳩のように食べてしまうあの聖杯《グラール》を、僕はまだ知らなかった。僕は天のお告げも、窓辺に降り立つ天使も、ひるがえる細長い小旗に書かれた詩も、知らなかった。小旗はひるがえるので、詩を読むのに人は大へん苦労する。僕はまた、深い思想を知らなかった。

ところで、ポエジーの神秘というやつ、そのなかで有用なものと無用なものとを見分けたり、君に仲介者たる任を授けたり、君を籍に入れたりすること等々は、実は白い紙の上に黒い文字を置くことではなくして、

黒い文字そのものを解放することなのだ。

(生徒ペルシケールよ、君は僕にならって、動詞《虚無を開拓する》を三十ぺん書き写すがいい)

僕は虚無を開拓する、
君は虚無を開拓する、
彼は虚無を開拓する、
僕らは虚無を開拓する、
君らは虚無を開拓する、
彼らは虚無を開拓する。
僕は虚無を開拓した……

ここで僕はやめる、なぜなら過去は僕にとって、依然として禁物なのだ。ピガモンが藪から棒に、これから自作の七幕の戯曲『コルフウ島の潜り手』を読んでやろうと言ったとき、僕が得意のあまり、今にも気絶するかと思った理由がやはりこれだ。若きクリストマノスの甥が、恋人のためにエリザベス女王の真珠を探す芝居の不成功を、今では覚えていない者はなかろう。だが当時、人々はまだこの作品を知らなかった。そして、特権を持ったことの喜びは、僕にとって、特権そのもののつまらなさをはるかに凌駕していた。——僕は、とピガモンが言うのだった、若い人に思い出を語るのが好きなんだ。妻の部屋に行こう。

奥方さまは寝そべって、消化していた。彼女の年齢はつかみどころがなかった。それは一つの奇蹟であった、若いとすれば老年の奇蹟、年寄だとすれば保存の奇蹟。彼女の紅白粉の率直さは、人工の裏をかいていた。

彼女の衣裳の裾の方では、剝製の鷗たちが、モスリンの泡のなかで、《多くはひっくり返って》戯れていた。

彼女は人さし指と拇指で、珊瑚の枝をつまんでいた。

左の方には——インド織のショールで覆われたテーブルの上に、また泡立つ海や、帆走戦艦や、堤防やを描いたルイ・フィリップ式の壁紙の前に——象牙の双眼鏡、鼈甲の虫眼鏡、コダックのロール・フィルムの入っている黄色と赤の小箱、それから何よりも貝殻の箱があった。

偏見が純潔な趣味に譲歩しているその箱は、あるさわやかな豊かさを具えていた。それは代り番こに、海神《ネプチューン》のフランス風庭園にも、ヴィルジニーの結婚式の花籠にも、サドコが歌をうたうオルゴールにも、ヴィナスのトランクにも、歯医者の許での待つ間にも、海賊の裏切りにも、提督の遺物にも、なることができた。

僕はこれらの貝殻製品を、ことさら取り立てて言いたいのだ。《良趣味》と《悪趣味》とが共にこれらを軽蔑しているが故に、僕はこれらのものを愛するのだ。ところで、これらを愛するということが、ただちにこの婦人の品のよさや無邪気さの証明には無論ならなかった。なぜかと言うに、彼女は悪趣味を持っていたのにもかかわらず、これらのものを打算や異国趣味から愛していたので、それが悪趣味という形になってあらわれず、いわば一風変った道を通って、美へ到達していたのであったから。

もしも経験と偶然の寄与とを追放して、ピガモン夫人の客を迎える雰囲気のなかにそっとそのまま身を置いたとすれば——例の閨房をかいま見た上でなら造作もないことだが——僕らにとっては十分魅力あるこの舞台装置も、ただ眼ざわりにしかならないだろうと思われる。ピガモン夫人は自分を奇怪な女、いわばメドゥサのような女だと思っていた。ところが奇怪なものは、この間《かん》の交渉から一切除かれていた。せいぜいそれは、周囲の絹綿ビロードとのコントラストから生ずることができたくらいであって、しかもそれについては、このジェザベル[27]に責任はないのであった。

親しい友よ、僕は君にもっとよく分ってもらうために、この水族館のカーニヴァルに感銘を受けたときの、僕の年齢の若さを強調しようと思う。今宵ここで、自分の書斎で、生きることとの複雑さを知っている僕は、なぜそのことが当時魅力を持っていたか、なぜ馬鹿げていたか、なぜ僕の気に入ったか、その理由を逐一解明することができるのだ。(のちほど君は、この長すぎるか、あるいは短すぎる註句が、決して無駄ではなかったことに気づくだろう)

部屋の中央、床の上に、《取扱い注意》という文句が御丁寧に四つも書き入れてあるシャンパンの箱があったと思いたまえ。箱の下には、一本の薪が跳ね板の役をしている。そしてこの箱のなかには、綿と、お湯をいっぱい満たした空瓶が何本か入っていて、それらの瓶と瓶とのあいだに、一人の赤ん坊がおさまっているのであった。

——娘のシロゼルだよ、とピガモンが紹介した。

僕たちは朗読をはじめた。ピガモンは左の手にばらばらになった原稿をつかんだ。肘で僕の腕を支えた。右の手でまるい鼈甲縁の大きな眼鏡を、怪我した鼻に近づけた。彼の顔は平目《ひらめ》のようであった。吼えたり、格を分解したり、喉をごろごろ鳴らしたり、急に大きな声を張りあげたり、涎を垂らしたり、僕に唾をひっかけたりした。韻はどうやら判ったが、意味はまるきり解らなかった。

彼はあたかも名演奏家のように、大きな頭を振り振り、右足で床を踏み鳴らしつつ、一台詞ごとに僕を床から飛びあがらせるのだった。鼻の孔でふうふう息をついた。汗で光った真赤な頬は、蠅にいじめられている馬の腹のように、ぴくぴく痙攣した。ある時は恍惚とし、ある時は哀れっぽい声を、またある時は悪鬼のような声を出した。聞こうなんていう気になっても無駄だった。で、僕はこっそり、彼の蒼い眼を、縮れた髪を、悪戦苦闘している半月形の口のまわりの黄色い髯を、観察していた。ただもう怖ろしくてたまらなかった。

あちらでは、貝殻夫人が、原文を知っているのだろう、恍惚として唇を動かしていた。シロゼルは泣きわめいていた。チュシラージュがビールのコップを持って来た。

この馬匹調教が何と七幕続いたのだ。まったくの話。その間煙草も吸わず、薄荷錠剤も飲まずに。僕は筋が攣《つ》り、偏頭痛を起したものだ。

ピガモンの肘は僕の腕をなかなか放すどころではなかった。窓ガラスに向って突っ立ち、近眼の目をページにくっつけるようにして、消し線のおかげでさかんに読み違いをしながら、眼を充血させ、唇に泡を溜め、いつまでも読み続けるのであった。とうとう彼は、さっき長靴を投げ出した要領で、ぽんと戯曲を投げ出した。原稿は散乱した。僕はやれやれ助かったと思った。彼は簞笥の方へ歩いて行ったかと思うと、瓶を取って小便をした。

…………………

《早く、早く、お逃げなさいまし、とジェザベルが僕にささやくのだった、朗読の後では、ときどき発作が起りますの。何にも分らなくなりますと、それは怖い人になりましてよ》

控え室！　期待！　まっくら闇！　ともかく行けるところまで行きつこうとして駈け出した僕は、その控え室で、ある家具にどしんとぶつかった。《僕の寝台だよ！》と、暗がりで遊んでいたチュシラージュが叫んだ。——道を間違えたかな？　と僕。——ううん、と子供は一本調子な声で続けた、僕ぁ控え室で寝るんだもん。

友よ、僕はどんどんはしょって話を進めよう。とにかくこれが僕の最初の文学との接触だったのだ。しかも、思い違いでなければ、もっとも重要なものだった。『潜り手』の失敗と、離婚と、そしてシロゼルの死の後、僕はふたたびピガモンに会った。すると、どうだ、彼は僕がいまだに讃美している詩人たちを、熱心に賞めあげたじゃないか！　だが、注意してくれたまえ、僕の貝殻に関する註句が光彩を放つのは、実にここなのだ。

手を伸ばして摘みとることのできる果実に到達するためとあらば、たとえいかなる道といえども、彼のあとに随いて行くべきではなかったか？

秋、ピガモンはヴェルサイユに住んでいた。みすぼらしい別荘だった。そこを彼は大鳥籠で賑わしていた。僕は日曜日ごとにそこで食事をした。鳥たちは自由に、軒蛇腹から軒蛇腹へと飛びまわり、羽ばたいた。ピガモンは僕に何度も繰り返して言ったものだ、《ペルシケール、僕が死んだら、かたみに僕のヨットを君にやろう》と。だが、そんなヨットは実はどこにもないのだった。パルムの島の入江に碇泊しているヨットを、彼は想像裡につくり出したのだった。

——僕は、と彼は言った、黒人の船員を使っているよ。白いお仕着せを着せてな。波を蹴立てて進むんだ！　舟の名は《リュシニョル》ってんだ。この名前だけは君の代になっても変えないでおいてくれたまえよ。

このヨットは彼の自慢の種だった。

——僕の使っている船長が、と彼はあるとき言うのだった、海底電報でいやな知らせを寄こしてね、嵐で船首の大三角帆の維持索と、後檣の第二接檣帆とが壊れたというのさ。

後になって僕は知ったのだが、悪徳の全階梯をつとに経めぐっていたピガモンは、こうしたいろんな行為をまったく面白ずくでやっているのだった、それらは、もしそのとき彼が苦虫を噛みつぶしたような顔をしていなかったとしたら、きっと僕にはたわいないとしか見えなかったに相違ないような行為だった。たとえば食卓でデザートのとき、自分の顔や髯を四角い土耳古菓子《ラハ・ルクーム》でこすったり、まぶしたりして、彼はさも愉快そうに大声をあげるといった風だった。

彼の大好きな悪戯の一つは、なかなかに手が籠んでいた。記憶が朦朧としているのをいいことにして、彼は何度でも、ヴェルサイユからカフェ・ナポリタンに宛てて、悪い知らせの電報を自分で自分に打つのだった。カフェ・ナポリタンでその電報を開くと、彼はどなり散らしながら、ヴェルサイユ行きの汽車に乗るのだった。

親しい友よ、君は彼の死の顚末を知っているね。この鳥類学者、この美食家を黄熱病にかからせるには、アスパラガスの尖芽《さきめ》を添えたオムレツのなかにぽとりと落ちた、太平洋諸島産うぐいすの一塊の糞、それだけで十分だった。

………………………………

葬式の日の別荘は人でいっぱいだった。みんながそこで署名していた。あたかも十月、大部分の人々はこの義理付き合いをちょいとした郊外散歩の気分でつとめていた。未亡人は離婚していたにもかかわらず、健気な精神から、故人の傍でふたたびその位置についていた。ピガモンが横たわっている狭い部屋に入って行くと、僕はすぐ彼女が目についた。彼女は大蠟燭のあいだに跪いて祈っていた。黄色い引裾が、猟虎《らっこ》の毛皮のマントからはみ出していた。彼女は洟をかみ、頭を振っては、こう言っているものようであった、《いいえ、いいえ、とても信じられません》しかし、顔は見せなかった。太平洋諸島産うぐいすの鳴く声が聞えていた。血の気のなくなったピガモンは神々しかった。君は菊の匂いを知っているだろう。

《そうだ、と僕は考えた、これがピガモンだ。息たえたピガモン。休息するピガモン。解体するピガモン》それ以外のどんな考えも、僕の心を動かしはしなかった。僕はそれが恥ずかしかった。僕は僕のぼんやりした記憶力を、僕の少年時代のいちばん苦い思い出に当てはめて、涙を呼び出そうとした。それから、もし涙が出てきたら、それはこの場の光景が原因なのだと思いたかったわけだ。それから、あり得べきいろんな悲しみを、先まわりして味わっても見たが、さらにその甲斐はなかった。だから、もし僕が泣いたとすれば、友よ、それはきっと泣くことができなかったのを悲しんだせいにちがいない。

僕は部屋を立ち去った。なぜか奇妙に解放されたような感じだった。新聞記者たちがノートを取っていた。学士院会員や女優たちが車から降りるたびに、彼らは写真を撮っていた。セリーヌが僕を呼びとめた、《ペルシケール様、と彼女は言った、まだ何のお指図も受けておりませんのですが、いったい何を煮たらようございましょう？——君の好きにするさ、と僕は答えた、何だってかまやしないよセリーヌ。どうせ僕は長居はしないつもりだから。——何ですって？　君の好きにですって？　と、僕の言葉を聞きとがめた制服姿の消防隊長が、こう叫んだ。（この男は未亡人の兄弟だということだった）。献立には頭を使う値打がありますぞ！　そうだセリーヌ、お前どう思うね、アスパラガスの尖芽を添えた結構なオムレツは？》アスパラガスの尖芽を添えた結構なオムレツ……と、こう彼は、いかにも食いしんぼうらしく繰り返すのだった。そして、みんながサーベルを摑んで引きとめるより早く、遺骸のある部屋に入って行って、こう、どなるのだった、《バルサミーヌ(28)、どうだいお前、今晩アスパラガスの尖芽を添えた結構なオムレツにしては？》エーテルの臭いが家中に満ちていた。僕は最初、死体消毒のためかと思った。が、よく見るとチュシラージュが、おそらく復讐の一念に駆られてだろう、うぐいすの飲み水のなかに薬瓶の中身を空けているのであった。

★

黒人が乗り組んでいたという例のヨットの幻の船檣を、ピガモンは深淵のなかへ引っ張りこんでしまった。だから、ジャン・ド・ベタンクール(29)によってある日ふと発見され、今では賑やかになっているとかいうパルムの島の、その香ばしい入江のなかに、それらしいヨットの姿はもう見当らないのである。それにしても、実際のところ、この島には入江があり、棕櫚の樹の下には香ばしい匂いがしているのだろうか？　僕は思うのだ、乗組員たちはみな裸足で、この島の空想的な風土のなかで働いていたのにちがいない、と。

僕は船こそ受け継がなかったが、ほかのよいものを受け継いだ。

奥方は僕に一冊の本を贈ってくれた。

それは安っぽい装幀の、『イリュミナシオン(30)』一巻だった。

僕がすべてを理解したのは、この本を読んでからのことだった。

君のペルシケール(五)

十字街

　ここで、まず最初に、諸君に分ってもらいたいことが一つある、それは、この本がウージェーヌを扱っているのではなく、ウージェーヌたちがこの本を飽和させているのだということだ。僕も実は今しがた、そのことに気づいたばかりなのだ。ウージェーヌたちは欄外の余白のなかにいる。

　発声法の練習書にも似たトルコのアルファベット、僕たちはその中に、たとえ特殊な語風は知らなくとも、弦月旗を、眼を、山雀属の鳥を、そして帆船を、見出すことができる。ところが残念なことに、どちらかと言えば控え目な僕たちのアルファベットは、唐草模様《アラベスク》を許さない。僕はそれが口惜しい。僕はある種の曲線が、読者にある暗黙の存在を、いたるところで確信させてくれるようであったなら、どんなによかろうかと思うものだ。

　諸君はおそらくウージェーヌたちを、これらのページのなかに見ることはあるまい、部屋のなかに流動体や原子を見ないと同様に。神経衰弱、そのなかにもウージェーヌは居るし、陽光の反射、そのなかにもウージェーヌは居る。とはいえ、そいつらは君に滲みこんでおり、君はそいつらを呼吸しているのだ。

ウージェーヌたちとは、とどのつまり、何ものでもない存在である。

——何だ、つまらない！

これを要するにだ、君はシャトーブリアンの三位一体についての粋な解釈にも、どうせ満足しないだろうってことさ。

僕は辛抱強いんだ、まあ聞きたまえ。

僕は立ちあがり、咳ばらいをし、ネクタイの締まり具合を直してから、開口一番、

——《あんまり賢くなるな》と、こう告げた。

あんまり賢くなるな
貧乏するのが落ちだから！
のろまな人間の皮をかぶって、
君はどこへ行こうと流罪の身だよ。
君の町と
君の狭い王国とを愛するかわりに、
君は同時に君が生活し得るような
湖を、国々を、島々を、想うがいい。
君は思うだろう、数々の心があり、顔があると。

もし僕がそれらに出遭うなら、
僕のあらゆる苦労、あらゆる努力は
それらの前にひれ伏すだろう、
予言者ダニエルの足もとに伏した獅子のように。
どんなにたくさんの空が、また風景が、
広漠たる死の前に消え失せたことか！
僕はこれを書き、あれを思うが、
僕はまたほかの事をすることもできるのだ。
あんまり賢くなるな
孤独になるのが落ちだから！
人々の冷淡さを知り、
彼らが手に入れようとするものを知れ。
また彼らのけちな野心の抗争を、
また彼らがさらに与えることのできるものを、
また彼らの巧みないつわりを、
また彼らの並はずれた無理解を、
また彼らはみんな、君だってやはり、

自然の過誤の結果であり、
世界の最初の星雲であることを、知れ。
やさしい植物と
おとなしい動物のあいだにあって、
悪いことしかせず、
深遠なもろもろの原因を
発見したと本気で信じ、
そしてあまりにも早く死んでしまうのが
人間という怪物だ。
あんまり賢くなるな
怠け者になるのが落ちだから！
君は一つの仕掛のなかにいるのだから、
失敗にもめげず、
君の年齢と
青春の貪欲ぶりと
そうして胸の希望とを利用しなければならぬ。
《何の役に立とう？》こんなことを思ってはいけない。

もしいちばん謙遜な星が、
天上で、何の役に立とう？　などと思いはじめ、
引力に惹かれるのをやめたなら、
それこそ元も子もなくなっちまって
宇宙に大混乱が起るだろう。
あんまり賢くなるな
君の位置と
君の義務と
君の情熱とをなくさないようにし、
君の役まわりを信じたまえ。
アトラスのように
二つの肩のあいだに地球を支えたまえ。
もし君が創作するなら、
傍観者にはなるな。
君の大事な秘密の預りものをば、
パプア土人に
迫害される

宣教師の信念をもって、
どこへなりと持って行け。
ことにも寛大な心が大切だ、
非難の敷居で躊躇せよ。
物事の理由、
魂の内側の被い、
家のなかで
屋根の下で、起ったことは
決して誰にも知れないのだ。
おお、わが子よ、
この世には遊びと学問とがある。
肥沃な原野が、
健康な笑いがある。
自分のまわりを駈けめぐるな。
人間が
虚無と虚無とのあいだで楽しみ、
信仰をもたず、諦めることができるものであるとすれば、

不安を呼吸することや、
天の作用、
人間の価値の有無を考えることなんぞ
何の役に立つと言うのだ？
だから、その他のことは何なりと利用せよ！

最初のポトマック訪問

——おやおや！　アルジェモーヌ！　と僕は叫んだ、君は僕の部屋を片づけちまったのかい！

——あたし、とアルジェモーヌは満足そうに答えた、あなたの反故《ほご》を整理してあげたの。そして、もう蓋もあかなければ何の役にも立ちはしないあのピアノのなかから、ヴェルレーヌの本を引っ張り出したわ。あんなピアノ、プレイエル商会へ返しちゃった方がいいのよ。

——アルジェモーヌ、と僕は訴えるような調子で言った、ピアノのない部屋は、啞みたいなもんだよ、廃人同様だよ。よしんば鳴らないまでも、ピアノのある部屋は、沈黙している人に似ている。君はこの部屋の魅力を壊してしまったんだ。きっと君は、ユゴーから未発表作品を預かったとしても、ラルース辞典だけは返してしまったにちがいない、なぜかって、考えてごらんアルジェモーヌ、文学上の傑作とは、つまりはばらばらになった辞典にほかならないんだ。

僕の本はどこへ行った？　僕のヴェルレーヌはどこにある？

アルジェモーヌ。――代りにミュッセが置いてあるわ。あたしの本箱から持ってきたのよ。あたし、ミュッセが大好き！

僕。――君は不公平だよ、アルジェモーヌ。僕はわんぱく時代に、ミュッセを軽蔑したもんだ。今でもそのことをよく覚えている。彼の可愛い小詩篇は、僕をやさしく慰めてくれるよ。僕は今でもときどき、続けざまに十ぺんも、こう繰り返すことがある、

ジョルジナ・スモルダン歌わんとて立ちあがれば、
いと深き静寂《しじま》たちまち四辺を罩《こ》めぬ

するとアルジェモーヌは、ジョルジナ・スモルダンのように立ちあがって、こう朗誦した、

長き旅路に倦みしペリカン鳥は
夕《ゆうべ》、雷に撃たれしそが住みかを見て……

それから片手を眼に当てて、すねたような顔をして、彼女は、そのあとがどうしても思い出せないとこぼすのだった。

大いなる翼に歩みもならず。

と僕がそのあとを結んだ。それから話題を変えて、

——アルジェモーヌ、支度しなさい。ポトマックを見に連れてってあげるから。

——あなたったら、ポトマックとなると夢中なのね。とアルジェモーヌは言った、ぜんたい、なぜそんな河の名前なんかつけたの？

——僕のポトマックは語尾がKで終るんだよ（Kを要求したまえ）。その上で、君はカンバセレス(31)がなぜ街の名前をつけたのであるか、僕に訊くつもりかい？　僕の思い違いでなければ、チェサピーク湾に注いでいるあの河こそ、この鯨と腔腸動物の合の子たるポトマックから名前をもらっているんだよ。

そいつは方舟《はこぶね》に乗り遅れた動物なんだ。乗組員たちはそいつをてっきり石珊瑚《みどりいし》だと思ったものだ。そいつは泳いだり浮かびあがったりしていたよ、アルジェモーヌ。そうして、今では自分のジェラチン質を眼にしては、さまざまな無限の現象を夢見ているんだ。

そいつは番人にいろいろと滑稽なことをして見せる。水族館じゃ甘やかされてるよ。

アルジェモーヌ。——あなたの怪物水族館はどこにあるの？

僕。——それはね、アルジェモーヌ、マドレーヌ広場にあるのさ。

アルジェモーヌ。――ともかく今に分るわね。

僕。――人間にとって、奇蹟というやつは、非現実の領域を逸脱するやいなや、奇蹟でも何でもなくなってしまう。ファルマン(32)がはじめて飛行機に乗って飛んだときには、見物人は十二人しかいなかった。同様に、もし僕らがそんじょそこらの塀の上の貼紙に、半人半馬《ケンタウロス》の一隊が植物園で競走するという文句を読んだとしても、僕らはたぶん見物には行かないだろうね。でなければ、貼紙を読んでから一週間くらいも経ってから、のこのこ出かけるだろうよ。

アルジェモーヌ。――あなたの水族館にはお客が大勢来ていて？　ねえ、どんな着物を着て行ったらいいかしら？

僕。――着物なんざ仕舞っておおき、アルジェモーヌ。僕の水族館はどんなお客も惹きつけはしない。僕はさる金持のアメリカ人とともに、唯一の常連なんだよ。

★

曼陀羅華《マンドラゴラ》と熱気気球《モンゴルフイエル》を食べたポトマックは、ガラス箱のなかでうつらうつらしていた。

――あたし、あなたのポトマックが好かないわ、とアルジェモーヌが言った。

――そんなことだろうと思っていたよ、と僕は答えた。

ポトマックは油を一口飲んで、溜息を吐いた。

金持のアメリカ人が、白い手袋と間違った綴りの文字を、そいつに投げてやっていた。
——この水のない水族館ときたら、ろくでもないことばっかりよ、とアルジェモーヌは繰り返すのだった。

そのしつこさが僕にはやり切れなかった。

ポトマックは虹色に濡れたプリズムの眼で、空を見あげた。法螺貝の形をした大きな薔薇色の耳は、内なる大洋の無限のささやきを聞いていた。（素敵だ！）

僕。——ああ！　あの冷たそうなぶよぶよした肉に耳を押しつけて、大洪水以前の潮の満干を、また流星の静謐を、とっくり聞きとりたいものだ。

アルジェモーヌ。——まあ、きたならしい！

だんだん僕はポトマックに惹きつけられて行った。僕の不安は、そこに一つの反応を受け取っていた。一つの波が、僕と彼とのあいだを行ったり来たりしていた。《ほれ、ほれ》と番人が叫んだ。ポトマックは脚を折り曲げた。微笑した。きっとおとなしい動物なんだ。

——行きましょうよ、とアルジェモーヌが、僕の上着を引っ張って言うのだった。もう七時よ。

アーク燈と水銀管に灯がついたところだった。ポトマックは燐光のなかに全身を浸らせていた。うす黒い内臓の塊りと、さっき食べた手袋の黒々とした形が、皮膚を透して見えていた。番人のアルフレッドが、小さな水圧笛を吹いていた。

僕らはそこを立ち去った。

出がけに、僕はちらと見た、

自分の脚を数えては、数え違いばかりしている六本脚のオポポナックスや、

チロル人風に歌をうたっているファランクスや、

自分の太鼓腹の上を跳ねまわっているカダンスや、

荒れはてた砂浜に坐礁した、赤い骸骨のアラトワールや、

それから

ゼラニウムの花をもりもり食っているオルフェオン(33)やを。

水族館はトルコ風呂のように蒸し暑かった。マドレーヌ大通りに出ると、さわやかな空気が僕らを捉えた。

――やっと息がつけるわ！　と僕の同伴者は叫んだ。もうあんな地下室へは二度と足踏みしたくないわ。

――じゃ、僕はこれから一人で行くことにしよう、と僕は溜息をついた。こんな風な計画が成功するはずのないことは、よく分ってるんだ。

――そうですとも！　と彼女はいらいらしながら結論した、その通りだわ。あんな地下室は不健康よ。あんなところにいたら風邪をひきかねないわ。あなたのポトマックって、

何て気味が悪いんでしょう、仔牛の頭蓋骨の方がまだしもだわ。あれもやっぱり、あなたのウージェーヌたちみたいに、想像の動物なのね。言って置きますけど、あたしは当り前の女なのよ。あんな風なことは何にも分らないし、また分りたいとも思わないわ。そういう主義なの。あんなもの、あたし大嫌いよ。(彼女は足をじたばた踏み鳴らした)

——そうだ、と僕は続けた、ポトマックは僕を悩ませる。あいつの眠っている時と起きている時とのあいだには、いったいどんな波紋形模様があらわれるのだろう? また、あいつは何を夢見ているのだろうか? 僕の生活が支離滅裂で、却って夢に脈絡があるのは、僕をあのポトマックと縁続きにするところのものだ。同じ液体が僕らには通っているのだ。僕は犬と狼、かたみに呼びかわすものの中間を行く。僕は夢のなかでいつまでも生活しつづけ、昼間の自分のメカニズムのなかで夢見つづける。ときどき、僕は人の挨拶にも返事をしないほど、人に遭っても知らん顔をしているほど、ぼんやりしているような風をしていることがあるが、それは僕がそんなとき、夢のなかでよくあるように、自分をただ一人その道の達人だと信じているからなのだ。

人が本でも手に取るような具合に、僕は眠る。時には十分でも一時間でも、着のみ着のままで、敷布にくるまって、眠ることがある。こうして僕は、僕の行程を延ばしたり遅らせたりする。なぜかと言うに夢の生活は、人間的ダイメンションの箱を展開するのだから。

アルジェモーヌ、君はよく、僕がまだ寝ぼけ顔をしながら、部屋から出てくるのを見たっけね。パスカルは夢が経験を大ならしめるか否かを考察したのではなかったかしら？ともすると、僕もそれを信じるのだ。夢は僕を支配し、僕は夢を支配する。前の日に見た多くの光景を、僕は雑然と書き留めておく、ちょうど人が色さまざまなガラス玉の破片を集めるように。そうすると睡りは、それらのものをちゃんと整理して、闇の万華鏡《カレイドスコープ》の底にまわしてくれるのだ。人は僕を軽佻浮薄で、移り気で、エゴイストだと思っている。ところが僕は夢を見ているにすぎないのだ。そして、ここんところをよく分ってもらいたいんだが、アルジェモーヌ、僕の夢は、たとえば睡りのなかで支那の王女と結婚するような、ミュルジェ(34)なんかが書いているああいった夢とは少々わけが違うのだ。つまり、僕はずっと続けて夢を見ているのだ。

景色
トンネル
景色
トンネル
青い眼のトンネル。

僕の現実はとても僕の夢に似ているので、どうかすると僕は、ある部屋にいるのだとばかり思っていたのに、違う部屋にいるのに気がつくことがある。僕のつらい夢のいくつかは、とても僕の現実に似ているので、僕はそれから逃れるために、それが夢であってくれればいいという、一切の望みをいだくわけにいかないのだ。

僕はいろんな夢物語を読んだ。そこでは、死んだ人や親しい人が、記憶の提供するさまざまな途方もない役割を受持っている。内部からは胃が、外部からは騒音が、彼らの迷宮を拡張する。彼らは贋の死体の寄生虫だ。ところで僕の透明な睡りには、彼らは隷属していない。僕は彼らを、僕の夢の中の人物とは比較にならないものと見なしている。あたかも色盲現象の画家の解釈におけるがごとく。

アルジェモーヌ、僕が夢から出てくると、君はいつも僕に冷たく当ったっけね。僕は取引所のニュースなど何一つとして持って来なかったし、大臣の名前なんかも知らなかった。僕が悪いんだ。僕は今そう思う。自分をありふれた欠陥のある一つの機械装置だと思うためにも、やっぱり自分の役割を受持たなければならないんだね。ポトマックの欠陥はポトマックであることであり、僕のそれは、旅行したり、学んだり、飛行機に乗ったり、ダイナマイトを発明したりすることなんだ。僕が君の子供のときの秘密を訊いたからといって、また僕の秘密を話して聞かせるからといって、君は怒っているのだね。

アルジェモーヌ、君は歩道の傍の細い溝のなかを四回歩いたことがあるかい？

君は、アルジェモーヌ、ある街燈の右側を通ったり、ある街路樹の左側を通ったりしたことがあるかい？

掌が満足するまで、玄関の呼鈴を押しに、十ぺんも踵を返したことがあるかい？

肩の凝りをほぐすために、しかめっ面をして何となく重荷をおろしたような気になり、しかもその顔を女中に見つけられて恥ずかしい思いをしたことがあるかい？

アルジェモーヌ、僕はかつてその日その日を美しい色に染めて見ていたが、十二になったとき、もうそんな風にして物を見るのをやめにした。僕はね、アルジェモーヌ、七つになるまで自分が支那に住んでいるのだと思いこんでいたよ。

君はかつて、僕の神経と僕の文学とに難癖をつけた。君の善意は明白だったけれど、僕は君の悪意を信じるという、最高の礼節を尽したものだ。

ああ、やさしいアルジェモーヌ、どんなに愛し合った二人の仲にも、衝突はあるものだよ。

ある晩、パドゥアで僕は、（川岸のベンチに腰かけた）二人の恋人同士が愛撫を交わしているのを見たことがある。しっとりとした晩で、どんなにかぼそい溜息でも、静かなあたりの空気を通って、僕のところまで聞えてくるのだった。

ぎごちない二つの膝と膝とがぶつかり合ったときの

彼らの笑い声を、僕は忘れることができるだろうか？

僕らはとりわけ涙には縁のない人間だった。

アルジェモーヌ、君は死を怖がっているね。昔わずらった盲腸炎が、君を発心させたのだった。君はミサに行くが、教会の玄関を出ると、もうそのことは忘れてしまう。一枚の銅貨が、君のマーフからいざりの帽子のなかへ移って、びっくりしているよ。君はあのいざりを大そう気の毒がって、僕にこう言う、

——脚が揃っている人は、不平なんか言えないわね？

——誰にだって不平はあるよ、アルジェモーヌ。僕は常日頃から、死とはいかなる平和をもたらさない唯一の確実なものだと思っている。人によっては、死とは報酬であり、不意にこの世を訪れる女王であり、また他の人によっては……だが、君はもっと後で死について聞かされることだろう。アルジェモーヌ、僕は君のいざりを見て、（エゴイスティックな）慰めを見出すこともできようが、結局のところ、彼の脚がほしいという気持は、脚の揃っている僕に、翼がほしいという気持を起させることになるんだ。

——あたし、眠くなっちゃった、とアルジェモーヌが言った。どうかあなたのポトマックを夢に見ませんように。あたし、この頃夢ばっかり見てるの。きっと消化不良なのね。ねえ、あなたも夢を見て？

——いや、と僕は答えた、僕は消化不良じゃないし、健康だしするから。

その晩、僕たちの会話はこれ以上先へは進まなかった。

アリアドネ

この本全体に均衡を保たせるために、僕は、文章と言葉の継起する束の間の均衡を、一つ一つ求めているわけだ。

要するに、綱渡りだ、下には空虚がある。

邪魔者さえなければ――一歩一歩綱を踏んで、反対側の壁へ――渡りつくことができる。

空虚の上には、いつも一本の綱がぴんと張られている。

熟練とは、卵を踏んで進むように、死の上を進むことにある。

簡潔な語法とは、墜落の一歩手前

小さな泡、
小さな群衆、
小さなざわめき。

人は宙に浮いていられるほど軽くはない。

果実が果皮のまわりに新鮮な色を送るように、キュベレー(35)は逃亡者に帰宅せよとの命令を送る。
僕は世界の拡げた両腕のあいだを、声も出せないほどに眼をまわしている人魚たちの上を、
自由に歩きまわりたい。

――あたしは堂々たる抒情詩《オード》が好きよ、とアルジェモーヌが僕の言葉をさえぎった。勇士の出陣だとか、ロマンスだとかが好きなの。あなたの点眼器つきの本なんか退屈だわ。

アルジェモーヌ、僕は比喩は好きでないんだが、礼儀上君の轍を踏むことにすれば、君のいわゆる点眼器に対して真空掃除器を挙げよう。

これが僕の点眼器さ。

《空虚を通って》きた一冊の本。

僕はポンプで吸いあげ、上澄《うわずみ》を集めて、それを別にする。

あり得たかもしれないもの、省略されたものの、神秘な美しい重みを君は知っているか?

余白と行間、アルジェモーヌ、そこには犠牲の蜜が流れている。

そうだ、分っているとも、お前にとって問題なのは、やれやれ!――それも仕方がないとは思うが――本の冊数なんだ。一つの作品、それは社会的組織だ。お前は、たった一

人で道ばたに眠っているボアズを想像することができまい。つまり、語呂合せのジェリマデ[36]は、その背景に『世紀の伝説』を負っているというわけなのだよ。

その上どうしたらいいというのだ？ 神様は自分の姿にかたどって人間を創ったのだから、人間は自分自身に近づけば近づくほど、神様に近づいたことになる。他の人たちが悪魔に誘惑されるように、神様に誘惑された僕は、一所懸命自分自身に向って急ぐのだ。

これが僕の本だよ、アルジェモーヌ。

これが僕の外形だ。

僕は排泄しているのだ。

だから、いいかい、もしある文章が、またはある文章のなかのある言葉が、僕から離れてゆくようなことがあると、僕は、自分で結んでおいたはずの口を、自分の顔が勝手に開けているのを鏡のなかに見る人のような驚きを、感じるのだ。

たしかに、僕の表皮は別の運命をほしがっていた。サラミスの勝利の後、アテネで素裸になって踊った若いソフォクレス、アンティゴネーに弁護してもらう年老いたソフォクレス、ここにこそ悩ましいチャンスがある。ああ！ 僕は深い使命を、

心臓の地熱を、知らなかった。

アヴェ・カエサル[37]！ 僕は頭を下げる、命令されるまでもなく。

僕は『ラ・マルセイエーズ』乃至は『愛の歓び』を書くことができたかもしれなかった。

それなのに、僕はこの本を書いている。

ある晩、劇場で、新しい傑作が上演された。見物人は口笛を吹いたり、げらげら笑ったり、にゃあにゃあ鳴いたり、わんわん吠えたりした。ああ！　どんなに僕はこの殉教をうらやんだことか！　僕はこの殉教をうらやみ、かつ怖れた。僕は自分にその資格のないことを感じて恥じ入った。

僕の内部では、恩寵が、天使長の卵のように待っていた。

アルジェモーヌ、お前は僕にときどき譲歩を要求するね。それはアクロバットを押しこくって、綱渡りの綱を切ってしまう行為にひとしい。

平均をとって歩く僕の足どりは、一足たりともふらふらしていやしない。

幅のせまい眼かくしが、僕の眼から余計なものを隠してくれる。

こうして、感動した人々は頭をあげるのだろうか？

用意周到な網、僕はそんなものを軽蔑する。

アルジェモーヌ、波のなかには一つの普遍的なシステムが存在している。ある場所では、円を描いて循環する波の開花がつねに記録されている。その中央では一つの言葉、一つの身ぶり、一つの微笑が、小石のように沈んでゆく。

アルジェモーヌ、譲歩がはじまるところに、波の尊厳と豪奢がやむ。どんな器械も、もはやそれらを判読することはできない。首鼠両端を持するわけにはいかない。みじめな人間だけがひとり残る。とまれ、言わねばならぬことを知り、知性の負担を減ずるための最善を尽くしたならば、夜はおのずから形成されるだろう。銘々が自分のランプを持ってくるだろう。

君は、なぜ僕の好奇心がポトマックにだけ限られているかの理由を訊くのだね？　先ず第一に、のらくらと生れた土地に執着しているこの僕は、何らかの感動的な光景の方を、わが家の戸口よりも好むのだ。

《われは郵便船のメランコリーを知りぬ》

アフリカにいたとき、僕はコンコルド広場に恋い焦がれた。

マジョーレ湖畔では、僕は沼気熱をわずらい、また公園でランデヴーをしたものだ。

そうだ、僕はシェニエの家が好きだ。

サン・ドニ街へ行こう。そこが彼の牢獄だった。（「ブリオッシュ・ド・ラ・リュンヌ」の近く）

彼らは牢獄から鶯を掠めとった。

お前は何か進んでくるものを見るだろう。クレリー街とボールガール街のあいだの死角のなかを、一艘の船がお前に近づいてくる。

ブリオッシュで育てられた、それはおとなしい一匹のスフィンクスだ。

こわれた寒暖計の水銀を、僕の指が追い散らす。ごらん、あちらこちらへ転々とする水銀の家族を。しかし、すでにそれらは又しても一つになろうとしている。夢中になった雛どもは、大きな牝鶏《ブウル》の下に、生きている大きな銀の球《ブウル》の下に、身をかくそうとする。

ブルジョワの家庭に生れた僕は、ブルジョワ的な一箇の怪物だ。

僕はそのことを確かめる。すると今度はそのこと自体が、僕に排泄する孤独を余儀なくさせる。

ああ！ アルジェモーヌ、僕は放浪生活をしどろもどろに送っている。

紋章にぶつかって、僕は傷つく。

すると僕はポトマックに帰ってゆく。

するとウージェーヌたちが僕を侵す。

すると僕はこの本を書く。

アルジェモーヌ、僕の好きな神話が一つある。迷宮の中のテセウスの神話(38)だ。

テセウスはミノタウロスと一緒に散歩する。ミノタウロスは彼に、自分のアパートの特長をひけらかす。かわいい怪物が、と、この創意に富んだ王子が言葉をはさむ、きっとお宅の玄関であなたを待っていますよ。だって、あなたの身体には糸が巻きついていますもの。

死

九月の空に開け放された窓辺で、ペルシケールは立ったまま、浴槽を眺めていた。
――おはよう、ペルシケール、と僕は言った。よく眠れたかい、などと訊かないでくれたまえ。僕は不潔な眼覚めというやつをかなぐり棄てる。僕は死を夢見たんだ。そいつは僕のすぐそばにいたよ。
僕はアルジェモーヌと一緒だった、悪漢にあとをつけられていた。とうとう、僕たちは逃げおおせることができた。と言うよりむしろ、悪夢が半睡の状態に場所を譲ったので、僕は解放されたのを喜んだわけだ。
ペルシケール、ともすると僕たちは、こんな風に贋の死から逃げおおせた後に、もう一つの死、坐って僕たちを待っている
本ものの死
を、見出すのだ。
そいつは、朝の太陽や、楽しげに左右にばたばた揺れている鎧戸や、鉢のなかのジャムやとともに、僕たちを力づけてくれるものだろうか？

——僕たちは、とペルシケールが答えた、虚無の数年間を休むことができるんだ。まあ、せいぜい僕にそれを利用させてくれたまえ。休暇の宿題なんか、どうだっていいだろう？《無》のユニフォームが着たくなったら、いつだってまた着りゃあいいんだ。僕は自分の空想の衣裳がまんざら嫌いではないんでね。（彼は鏡のなかの、素裸になった自分の姿を眺めていた）

——ペルシケール、君は僕が毎朝何を食べるか知っているかい？

——いったい何を食べるんだね？

——ココアと、死の不安さ。

僕はね、ペルシケール、子供の頃、市場で買った詩的な玩具を持っていたよ。それは、青いガラス球のなかに封じ込められたモスコーの街だった。

ガラス球のなかでは、一人の青年が、紐のついた風船を持って夕闇に立っているんだ。モスコーを揺すぶってみたまえ、雪が降ってくるから。

僕らの騒々しさも、この球体の外殻にぶつかって跳ね返るばかりだった。この透明な果実の心には、ひっそりとした寂寥感がただよっていた。

あんまり長いこと、この玩具を愛したので、僕はとうとう夢の中にまで、泡の内部のような、これとよく似た雰囲気のもとに、二つの死のイメージを見出すことになってしまった。それは交互にあらわれる一種の夢幻劇だった。君も知っている『デヴィッド・カッパーフィールド(39)』のスティアフォースと、『偉大と服従(40)』のなかのロシア人の子供と。
ああ！　濡れた巻毛のスティアフォースよ！　愛すべき、不敵な青年スティアフォースよ、赤い帽子を片手に握り、漂流物にやっとつかまって、ゆるやかな水泡の中央の、波間に見えつ隠れつしているあなたを、泳いで助けに行けないのを悲しんで、鐘の音も耳に入らず、僕が砂浜に立ちつくして見つめていたとき、スティアフォースよ、あなたは最後の大見栄を切って、青年に影響をあたえるあの背徳的な英雄たちの名を、僕に教えてくれたものでした。
おお、スティアフォース！　波に呑まれたスティアフォース！
――スティアフォースなんかほっときたまえ！　とペルシケールが叫んだ。そいつはどんどん膨れてゆくよ！
小さな、凸状の、
さかさまになった、
窓が伸びて映っている、
君のしゃぼん玉は、注意しておくがね、麦稈を離れて飛んで行ってしまうよ。
君はあんまり息を吹き込みすぎるんだ。だから、泡が風船になってしまうんだ。それにしても、あの厖大なページが傑作とされているディケンズとやらに、僕はがっかりしたね。
僕は彼に怨みをいだいているよ。

——ペルシケール、僕は君に、僕の少年時代を引用しよう。溺れる者に選択の余地などありはしない。僕はシェリーも、ジェスリールも、タイタニック号の無電技師も、メッセネエのアルケウスの墓碑銘さえも、疑いはしなかった。これらばらばらなものを集めるのが僕には楽しかった。

　げに若者の死ぞ傷ましき！　わけても海は若者のため、喪と葬礼に満つるなり。

——ギリシア詞華集を全部引用することだってできるだろうよ、とペルシケールが身体を乾かしながら、言葉をはさんだ。君の会話は僕を途方に暮れさせる。いったいどこまで喋ったんだっけな？　見たまえ、僕はまるでゴロー(41)のように、何が何だか分らなくなってしまったじゃないか。

　手を貸してくれたまえ。

　僕は彼に手を貸した。僕たちは今までした会話を逆の方向にたどって行った。

　それほど遠くに来ていたわけではなかった。樹立ちの鬱蒼とした天蓋のはずれに、ペルシケールが日なたで浴槽につかっているのが、すぐ見えたのだから。

　椅子の上のバス・タオルのそばに、僕たちはおのおの自分の姿を見出した。僕は蒼い顔をして、死の話などしているのだった。

そこで、僕たち都合四人は腰をおろした。やがて、二人ずつ元の通りに合体して、二人きりになったのに気がついた。

窓は九月の空に開け放されていた。

野原は広々としていて、人は自分のまわりに、逃げて行く円い地球を感じていた。

——ああ！　と僕は溜息をついた。この不安はいったいどうしたことだろう！　きっとこれは、何かおそろしい対話の反響であるに相違ない。魂は出発したがっているのに、肉体が言うことをきかない。かかるとき、一つの言葉のように、岩から岩を伝って僕らのところへやって来るもの、最後の音節、それが僕らを狼狽させる。おお！　悲劇的（死なねばならぬ観念）でもなく、崇高でもなく、さりとて厳粛でもなくして、つい鼻の先にある、ぎょっとするような、いくらか滑稽な、そして大へん気色のわるいもの。

君は、寄宿生や兵士の日曜日の晩を知っているかい？

ところでここに、リリシズムの全くない驚異がある。決して終ることのないこの結末、難破や、自殺や、腸チブスの彼方にはじまる自己自身の生活は、もろもろの情状を軽蔑する。

僕はそのことを考える。自分がそういう身の上でないだけに、なおさら考える。

僕もいずれそうなるだろう。

そうなった暁にも、僕は、自分がそのことを思っている現在を、思い起すことができるだろう。

僕はそういう状態を妖しい魔力から解放してやろう。

（汽車のなかで、ブールデーヌと僕とは、トランプをして遊んだ。退屈しのぎのためだった。僕らはトランプを好きではなかったが、そのときのゲームは面白かった。停車場が後退してくれればいいとさえ思ったくらいだった。スーツ・ケースなどにはもう目もくれなかった）

ペルシケール、彼らは、また僕らは、入浴したり、花を摘んだり、煙草を吸ったり、詩人の詩を読んだりすることができる。そして、楕円形の地球が一所懸命回転していることや、いかなる組織が、頭を下にした僕たちを上の方から支えているのかを知って、満足することができる。

四月の太陽をいっぱいに浴びて、
青草茂る大地の上を駈けまわり、
ころんでも怪我しないのを笑うとき、
お前の位置した狭い場所の下には、
一直線に
大地があり、
またその下にも大地があり、
さらに岩と鉱物があり、
さらに熔岩があり、
さらに白熱があり、
さらにその中心には火があることを想え。
そしてなおも下降を続けてゆけば、
さらにもっともっと火があり、
それから白熱せる熔岩あり、
それから岩と鉱物あり、
それから大地が、

またその下にも大地が、
そしてだんだん
空気と芝生と、
一季節を覆う夜との交り合った大地があり、
そしてニュージーランドでは、一人の女が、
彼女の下に、彼女の屋根の下に、
奈落が口を開けているのも知らずに、眠っていることを想え。
そして、奈落の上にいることでは、
彼女にとってもお前にとっても、また変りはないことを想え。

ペルシケール、これは異常なことだよ。尻にダイナマイトの薬莢をぶらさげて、だんだん縮まってゆく導火線を知らぬ顔に、黒人どもは踊っているんだから。
ある晩、スイスから帰る途中だった。僕の母は寝台車で眠っていた。薬屋が間違えて、罌粟の粉末の代りに、コカインの小箱を僕に渡していたのだ。その調合量では牛でも殺せたにちがいない。ところが、過度のアンペアが電気死刑に故障を来たすように、その調合量は僕を救った。ともあれ僕は、そのときのいろいろな徴候をいまもって忘れることができない。

血管は凝結する、
循環は混乱を来たす、
手足にぐったりした部分が羽目張りされる、
心臓はもがき、逃れようとして、胸部をたたき、硬直する。
咽喉には大きな梨の実が詰まったよう。
強ばった舌の上には苦い捏粉。
自分のものでないような歯。
それから、薄明のなかに草のざわめきがして、星がお喋りしているような錯覚。

ペルシケール、人はこの瞬間、実に勇敢であり、実に臆病であり、しかもその両方が実によく似ているのに驚くのだ。この瞬間が、他のすべての瞬間に立ちまさっているのに驚くのだ。それは肉欲に似ている。

『ソフィストの饗宴[42]』が語るところによれば、古代ギリシアの人々は、吟遊詩人の仲介によってヘレネーを想像に描いていたが、やがて実際の彼女を見て、《見事に失望させられ》たそうだ。僕は自分に繰り返し言い聞かせた、それが彼女なんだと。

それが《不意にあらわれた女》であり、
《有名な女》であり、
《神秘の女》なんだと。

そして僕が結局、この経験から発見したことと言えば、溢れるばかりになみなみと張られたコップの液面であり、他の多くの状態に続いて起る一つの状態であり、多くの現象に続いて起る一つの現象であり、多くの波の後の一つの波でしかなかった。

僕は自分の部屋でわれに返った。《あなたはもう決して、これ以上死を知るわけにはいきますまい》と医者が僕に言うのだった。奇蹟があなたを生き返らせたのです。

僕は単純に医者の言葉を信用した。

その後、僕はある友達が死ぬのを親しく目にしたことがある。僕たちはアカント[43]の枕もとに付き添っていた。船室の廊下まで友達を見送りにきた人がするような、まるでべそをかいたようなアカントの顔を、僕は眺めていた。

すでに錨は上げられていた。

航海者が塩と孤独の影に染まってゆくように、アカントはだんだん死の色に染まっていった。

愛情こもった僕らの看護も今やむなしいと覚ると、彼は、痛ましくもたった一人で、死んでゆく者の上に腹ばいにのしかかる天使と闘うのであった。ぎゅっと結んだ唇を弛めようともしなかった、まるで生命がその機に乗じて逃げ出すのを気遣ってでもいるように。

僕の肉体は、やがて解体すべき僕の肉体のすべての部分（僕の眼、僕の手、僕の膝）は、泣いたり、身もだえしたり、跪いたりしながら、その物質的兄弟に同情した。だが、まだ囚われの身である僕の魂は、ペルシケール、僕の魂は、その姉妹をうらやんだ。

——苦しいかい？　と僕は彼に訊いてみた。

——いや、苦しくはないけど、と彼は答えた、とてもたまらないよ。

このような返事は考察に値する。

そうだ、死ぬということは何ものにも似ていない。もっぱら君を衰弱させることを目的としているこの不幸中の不幸、それについては、いかなる隔世遺伝も君に明かしはしない。おそらく死に打ち勝つのは、牡牛がケープを軽蔑するのと同じくらい、やさしいことなのだろう。しかし、牡牛は決して闘技場から出ないし、紅色の秘密は決して洩らされはしないのだ。

いや、死ぬということは、何ものとも繋累を持たない。君が死ぬということとさえも、繋がりがない。死は死にすぎない。

輪を描きながら舞いおりてくる飛翔、内部に映るその翼の翳《かげ》、おそらくこういったものが、死の到来を君に告げるのだ。とはいえ、死にかけている人に尋ねてはいけない。

死にかけている人は、死の気配を微塵も感じない。

突然、死の嘴が、小脳に突き立てられる。

それ急げ！

エリ・エリ・ラマ・サバクタニ(44)！

★

ペルシケールが微笑しながら蓄音器をかけた。
すると、次のような歌が聞えてきた。

言ってはならぬ、かわいそうな子よ、
僕は若さの誇りと、
死の苦さを歌う、と。
むしろこう言うがいい、
この世には、朝餉のための食堂が、
許されたもの、また禁じられたものが、
朝まだき起き出でて、
雄鶏と野良仕事の声を聞く楽しみが、ある。
海があれば、
陸地へ吸い寄せられる船もある。
平和があり、闘争があれば、

花々があり、芽を吹く麦もある。
薪があり、煙草があり、
バッハ、パスカル、ダンテ、セザンヌ、
その他ありとあらゆる芸術家がある、
人を淋しがらせたり、
美しくしたりする恋がある。
存在する一切のものを理解せんとする、
熱烈な希望がある。
小鳥たちの歌がある。
グレゴリオ聖歌がある。
もう何にもないと思うときさえ、
まだ死がある、と。

ペルシケールはレコードを変えた。違った言葉が蓄音器から流れてくると、僕はそれを自分の声のように思うのだった。

君と同い年の友達が死に瀕して、

すっかり虚無の色に染まったその顔が、
みるみる赤味をなくして行くのを眺めたならば、
誰でも知っている涯しない旅に出ようとする
旅人をでも見送るように、
彼の身の上をば羨むがよい。
断末魔のあがきがやんで、
ぐったり生気がなくなったならば、
船が出帆した後
波止場に残された者が
たまたま思うように、
自分もやがては
このアーヴル港を、シェルブール港を、ブレスト港を、
船も岸も水もないこの出帆を、
魂の抜け出したこの肉体の重みを、
知りたいものだと思うがよい。

僕たちは黙っていた。

牝牛が一匹短い草を食んでいた……エスキモーがひとり海象《せいうち》を追っていた……まんまるい月の下では、フロリダの婦人たちがハンモックで眠っていた……人間どもが生れつつあった……地球と虚無との間《あわい》には、相も変らず無限があった。

何という静けさだ！

僕たちはあえてその静けさを破る気になれなかった。

——ペルシケール、と僕はおずおずと訊いた、いま聞いたレコードは市販のものかい？

——これはどうも、とペルシケールは答えた、もちろんそうさ。だけど安心したまえ、こんなもの買う人はめったにいやしないから。

彼は別のレコードに針をかけた。

お前が生れたその日から、
すでにお前の魂はお前の肉体のものではない、
あたかも火が煖炉のものでなく、
アルペジオと和音とが
ピアノのものでなく、
水が革嚢のものでないように……
お前の魂は眼に見えぬ天の元素の

ごく少量にすぎぬのだ、
あたかも革嚢の底にあって、
その内壁を圧している水が、
遠く離れた湖の
ごく少量にすぎぬように。
だから、よくお聞き、お前が死ねば、
残る空虚な肉体を抜け出した
お前の魂は、
神秘の青海原、
神の元素に立ち帰るのだ、
あたかも水が水、火が火、
音が音、土が土へと立ち帰って行くように。
ああ、ペルシケール、《僕はもうたくさんだ》
魂は測気管《ユージオメーター》を洩れる一種のガスなんだ。
僕たちはみんな同じ魂を、あるいはもっと正しく言えば、同じ魂の一部分を、分かち持っている。

断片的な神。

このようにして、いくつもの瓶に配分された水が、湖の水に帰ってゆく。獣たちの魂も忘れないようにしよう。(唯一のエッセンスが、単純な機械と複雑な機械とを動かしている。僕たちは人類の改良のために、その原動力を濫用している) 獣たちは草を食み、駈けまわり、そして眠るのだ。肉体は霊魂の寄生物だ。分量に大小の差こそあれ、おのおのが神を宿していることに変りはない。

君の家を大事にしたまえ、魂が出かけてしまえば、灰燼に帰するしかないのだから。

少量の骨、少量の泥、

だから君は、水に水差しを思い出してくれるよう、頼みに行くがいい。

ああ、ペルシケール、アカントの話のとき、僕は君にこう言ったっけ、魂がその姉妹を羨んだと。魂は互いに他人の魂を羨んでいるのだ。だが、僕という人間に関するかぎり、人に感心されるようなものはこれから先、もう何にも出てきはしないだろう。それに、僕の本や、僕の美しい大地や、僕の悲しみがかつて存在したという無意識の永遠性が、この僕に何の関係があろう。

――でも、とペルシケールが叫んだ、なるほど人は、自分がかつてどんな風であったかも知らなければ、これから先どうなるかも知らない。しかし、自分が現に存在していることは認めざるを得まい。苦労する価値があるのは、二つのドアのあいだにある廊下だよ。

――ラザロの奇蹟(45)を考えてみたまえ、と僕は続けた、イエスは神聖な海の水を汲んで、同じ甕を二度までもいっぱいにした。ぜんぜん使いものにならない甕じゃなかったんだな。つまり、この甕がラザロだったというわけさ。イエスは、ラザロのことや、汚い家や、怠けていて叱られたマリヤや、マルタや、それからマルタが家で誉められたことなどを、いろいろと覚えていた。しかし、この二度の操作のあいだには、虚無が括弧に入れられて挟まっている。

魂はそれでもやっぱり、その全体的な役割を演じていた。

出発する……相も変らず……人は反逆する。

子供の時分から、どこかへ行っちまった時計は手品師の帽子のなかから現われるものと思いこませられてきた僕を、いまさら最後の手品に慣れさせようたって無理な話だ。

人々は行って、眺めて、聞いて、軽々しくも信じこむのだ。世界は水のように僕らに滲みこんだ。だが、あの慇懃な恐怖を思ってもごらん。え、驚くまいか……

死と関係があるのは死だけなのだ。

二度目のポトマック訪問

——ニュースを御存じですか？　とアルフレッドが、おどけた顔をしながら訊くのだった。

——いや。僕はいつも新聞を読まないんだ。それに、僕らの地下室が新聞種になろうとも思われないしね。

アルフレッドは僕の言葉をさえぎった。

——大勢やって来ましたぜ、ぞろぞろと。学者先生たちの調査団一行でさ。ピンク博士、ジュボール博士、リヒアルト・シュトラウス博士、国立フランス大学のイドラジル氏、それに公爵夫人までが。

——公爵夫人だって！　と僕は叫んだ、アルフレッド、公爵夫人が僕らのポトマックを見に来たって！

——ポトマック？　ポトマックとね！　先生たちはポトマックなんぞ問題にはしませんでしたよ。ファランクスを喋れるようにしてやろうというのでした。

——へええ？

──ほら、やつの喋るのが聞えてきますよ。

僕たちはまだポトマックの檻の前まで行っていなかった。すると、一所懸命喋っているファランクスの声が聞えてきた。

──あんなことをしなきゃならんとは、とアルフレッドが言った、やつも可哀そうなもんでさあ。

向うの方ではファランクスが、咽喉をごろごろ言わせたり、苦しげに息をしたり、裏声を出したりしていた。最後に、ともすると黒ビロードほどもくすんだ暗い音色になる、澄んだ短い声を出して、音節を区切りながら次のように吟誦し出した。

　オディルが島の岸辺で考えごとをしていると、
　鰐《クロコディル》魚がぽっかり浮かび出た。
　オディルは鰐魚をこわがった。
　鰐魚はお墓をつくるのが面倒くさいので、
　オディルをがりがり食ってしまった。

　(*Le crocodile croque Odile.*)

この話をしたのはカイだ。

だが多分これはカイの作り話にちがいない。
オディルはきっと生きている。
おれはてっきりカイが嘘をついてるんだと思う。
(*Et je crois bien que Caï ment.*)

オディルのもう一人の友達アリグは、
友達の死んだ噂を聞くと、
暴れたり、買収したり、悪企みをしたり。
おれはアリグが悪いと思う。
(*Moi, je trouve qu'Alligue a tort.*)(46)

——素敵だ、と僕は感嘆久しうした。誰の作だい、この詩は？
アルフレッドは眼を伏せた。
——君は、このほかにも詩を作っているんですか？　と僕は丁寧に訊いた。
——パンフレットが一冊できるくらい。
僕は眼くばせした。そして肘で軽く小突きながら、
——ポトマックのことを書いたのかい？

――いいえ！　とんでもない、そんなもんじゃありません、と彼は言った。《きわめて一般向きな》ちゃ、ち、な、も、の、ばかりですよ。

僕は狭い地下道を抜けて、花市の開かれている場所へ行った。四月の陽光が、赤い安木綿の回転窓掛を透して、病める花々を彩っていた。香気の立ち罩めたこの回廊を出ようとすると、例のアメリカ人の姿が見えた。ボタン穴に薔薇の花をさしてもらっているところだった。彼は勘定を済ますと、水族館の入口の方へ歩いて行った。フットボールの球を持って。《ははあ！　と僕は合点した。あれで御機嫌を取ろうってんだな！　さぞやアルフレッドががみがみ言うことだろうて》

道草食い

——ペルシケール、君の青いジャケツときたら、あっと言う間に空を汚《きたな》くしちまうんじゃないか！

勿忘草《わすれなぐさ》なら決して空をよごしはしないがね。

——それはつまり、とペルシケールが答えた、僕のジャケツの方が、空の青よりはるかに濃い青色をしているからさ。

——そんなことはないよ、ペルシケール。君のジャケツが空より濃いもんか。空より濃いものなんかありゃしない。空は永久にいちばん濃いんだよ。

わが子よ、空の紺碧《みどり》をごらん、
特有の美しい紺碧を、
なんと濃い色だこと！
この青色、この輝ける青色が、
お前をあんまり微笑せしめないように。

なぜならそれは、喪のヴェールにさす矢車菊なのだから。
なぜならそれは、名高い星々や、
眼鏡やコンパスを使ってさえも
見つからない多くの星々のある、
一切に終りのない、
ひそかな、緻密な、虚空の上に咲く
矢車菊なのだから。
わが子よ、ゆめ忘れないようにしよう、
闇はつねに闇であることを、
またつねに闇であったことを、
太陽が、
美しい夏の太陽が、
海の面に戯れるように、
闇の面に戯れ、これを照らすときさえも、
闇はつねに闇であることを。

一つの淵だにない。淵とはすなわち、無の醸造桶だ。そこには醸造桶もなければ、無もない。空の空。神の呼吸があるばかり。

おお、ペルシケール！　何という悲しい生物学的誤謬だろう——いかなる時代のいかなる時に、またいかなる場所に、

（閑《ひま》を持てあました太古の魚竜属がぶらぶら歩きまわっていた。

島がいくつも出来あがっては、潰え去った。

何という太陽だ！

植物が草を食む。一本の樹は噛みつこうとし、動物は花を咲かせる。

いささか整理する必要があろう。

だが次第にそれらのものは、おさまるところへおさまって行くのだ。

地球は何世紀ものあいだ、くるくる回転しつづけている）

いかなる場所に、またいかなる時代に、いかなる時に、おおペルシケール、こうまでひどい混乱があったろうか？

或るものが、この世に或るものの存在するのを理解しはじめるのは、他のものになるためだ。

進歩。知性。

家のなかで、不意に或る物体が、われこそは家の主なりと信じはじめる。努力次第で、もっと美しい、もっと高価な物体になれるものと信じはじめる。

こうして、徐々に誤謬が肥ってゆく。
婚姻。
近親相姦。
人はいまだ、音楽に対する十分なる耳も、色彩に対する十分なる眼も、十分なる科学も、
十分なる才能も、
持ってはいない。
飛行機もなければ、オペラ座のシーズンもない、
とは言え、少しばかり辛抱しさえすれば、
それらはじきにやって来よう。
ところで、雌だの雄だのといった動物たちのあいだに、
前脚のない、長い首を持った、
(何という不公平だ!)
あの特別な動物が、不意にあらわれる。
僕は諦めている、しかし、認めないわけにはいかない、
お人好しにはなりたくないものだ、
街や劇場で、彼らを見たまえ、
見たまえ、さも得意そうに後脚で歩き、

さも得意そうにズボンやスカートをはいている彼らを。

ペルシケール、人間は美をつくり出す。

そして誤謬によって、美を毒する、その発明において、その力において、その弱さにおいて。またその模索のなかで、その反復のなかで、その組立てるすべてのもの及びその分解するすべてのもののなかで。

もう一度、いささか整理する必要がある。

《娘や、さあ少し整理するんですよ》

進歩の減退を助成するためには、子孫をして四つん這いになって草を食ませることだ。

英語の作文、掛け算、軽い体操、それに、

(よい生活をする必要がある)

早く四つん這いになることだ。

道化役者の満足のために、哀れな恰好をしてぶらさがっている器官を休息させることだ。

《お前のかわいい耳! とアレップがささやいた、何とまあ、惚れ惚れするようだよ!》

ところが、それに接吻するが早いか、耳は一ぺんにしなびてしまった。

この日から、アレップはカムリーヌに、彼女の耳を隠しておくようにと頼むのだった。

科学のもたらすさまざまな恩恵のうちの一つ。アクソンジュはある朝――(どうか誰にも喋らないでください)――雷を捕獲するための一種の箱を発明する権限を得た。

嵐が彼の決意を固めた。

なかなか捕獲できなかった。

彼はとうとう世界を爆発させてしまった。

これ以上単純なことがあろうか？　ある母親が怪物を生み落とす。怪物は母親の帽子の飾針でもって、彼女を刺し殺す。

三度目のポトマック訪問

日曜日の晩、水族館は大騒ぎだった。水銀管がアルフレッドを悲しげに照らしていた。むし暑く、じめじめした天気だった。

僕は、むかし女中に連れられて行った動物園での散歩を思い出した。温室は、眠っている一匹の年取った鰐魚だった。

僕が姿をあらわすや、たちまち叫び声が響き渡った。

——早く来てください、早く、とアルフレッドが叫ぶのだった、一大事ですよ！

——別に困るようなことじゃないんだろう？

——どう致しまして、大困りでさあ。とにかくあのアメリカ人にゃ、ほとほと手を焼きますわい。近頃のやつの食道楽ときたら、とどまるところを知らぬ有様なんで。わたしの仕事がやりにくいったらありませんよ。今じゃ蘆薈《ろかい》の茎なんぞやっても、ポトマックめ、嫌だと言って脚をばたばた踏み鳴らし、オリーブ油を吐き出して、ぷっと膨れちまうじゃありませんか。それじゃ話が違うって言いたいところでさ。

本当のところを言えば、ポトマックは微笑していた。《畜生、とアルフレッドがぶつぶ

つ言った、アメリカ製の蓄音器ですよ、少なくとも三万フランはする器械です。まったく正気の沙汰じゃありませんや！》

なるほど、肉と鱗とを透して、和やかな、しかしガラス壁によく反響する流れるような低音が、泥まみれになった華麗な音が、さてはアンフォルタス浴のざあざあほとばしる波のような音が、あたかもバイロイト[47]の町の中心から湧き起ってでもくるかのように、どっと湧き起ってくるのだった。

ライン河へ急ぐ雨滴のように、われがちに押し寄せてくる音符の沸騰をも、ポトマックは別に嫌がってはいなかった。この大伽藍と水族館との腹鳴りを、彼は楽しく味わっているのであった。

——蓄音器が鳴りはじめてから、もう大分になるのかい？

——二日になりまさあね、とアルフレッドが答えた。やつは蓄音器を消化しないんです。や、今度は『パルシファル[48]』がはじまった。いま聞いたのは『ジークフリート[49]』ですよ。

——ファフナー[50]のところでは、やっこさん、どんな様子をしていたね？

——なあに、笑ってましたよ。

——こんなことを続けていたら、と僕は厭味らしく言ってやった、やっこさん、すっかり駄目になっちゃうと思うがなあ。

オポポナックスは自分の脚を数えていた。カダンスは跳ねまわっていた。アラトワールは地面を引っ掻いていた。オルフェオンはゼラニウムをもりもり食べていた。ファランクスは《オディル》の詩を吟誦していた。そして灯火は神経的にまたたいていた。どうやら贅沢が愛情を殺したような塩梅であった。

翌日

僕はまた一人でポトマックに会いに行った。柔和な怪物は壁のすぐそばに、のんびり寝そべっていたので、その左の脇腹と顔の四分の三とが、壁にもたれていた。ガラス箱はその平べったい肉を、まるで玩具の並んだショー・ウィンドーにぴったりくっつけた子供の鼻のように、拡げて見せていた。

アルフレッドは本を読んでいた。

ファランクスが抑揚をつけて歌ったり、裏声を出したりしているのが聞えた。

番人は頭をあげて、

――ほれほれ！　と僕は、獣を馴らすときにするように、声をかけた。

――いま、消化してるところです、と言った。『ロシア・バレエ』のプログラムを消化してるんですよ。いやまったく、あのニューヨークの旦那にゃ、わしらも往生しまさあ。とにかく、と彼はガラス板を指でこつこつ叩きながら、怨懣やる方ないといった口調で、さらにこう続けた、こんなことが習慣になっちゃあ、わしらもたまったもんじゃありませんや。

ポトマックが眼を覚ました。アルフレッドは僕にささやいた。

――いい時にお出でなすった。ちょうどやつが便をする時間です。これこそ又とない風情のある観物《みもの》ですぜ。

僕たちはそこでガラス箱の正面に陣どった。

十分過ぎた。

――どこを見てりゃいいんだね？　と僕は訊いた。

アルフレッドはポケットから一枚のビラを取り出して、読んで聞かせた。

――競技規定§第十四条――

ポトマックが糞をする場合、幽門、十二指腸、結腸及び直腸は円弧を描く。その一端は眼であり、他端は肛門である。ポトマックは自己の排泄物に法外な興味を有す。彼は半眼を閉じつつ、それら排泄物を、それらが排泄さるべき孔より十センチのところに、待ち伏せるのである。もしポトマックが、うっかりしてよそ見をしているとか、眠っているとかした場合には、その回は勘定に入らず、競技者は交替しなければならぬ。

不意に、僕が咽喉だとばかり思っていた皺目から、一粒の泡が舞いあがった。いわばしゃぼん玉のようなものだったが、もっと厚くて、発掘されたガラス器のように虹色をしていた。続いてもう一粒、さらにもう一粒と、みんなで十二粒ほどの見事な泡が飛び出した。

ポトマックは、その壊れやすい泡粒の誕生と、その飛んでゆく先とをじっと見送っていた。

そのうち六つが、互いにぶつかり合って、はじけてしまった。

四つはふわふわ浮かんでいたが、やがて着陸するや、二、三度はずんだ挙句、ぱっと消えてしまった。

一つは回転窓から飛んでいった。

――どうです？　とアルフレッドが得意そうに言った。

そして身を反らせながら、こう言い添えた。

――この泡粒、下手に分析しようたって、そうは問屋がおろしません。

不可能なる利用

僕は恋をした。僕は悩んだ。僕は少なくとも（ブールデーヌの言葉を借りれば）《自分のことは自分でする》ことができるつもりだった。ところがいま、僕はあきらめている。僕は綱を放した。

実のところ、僕はあの薄暗い状態がもっと長く続けばよいと、そればかり念じていたものだが、おびただしい熱と熱い光とが、少しばかり早く孵化させてしまったようだ。

僕は恋愛についての、真情を吐露したノートをたくさん書き溜めている。容易なことでは、このノートを整理しおおせることはできないだろう。だから、次にそれらのいくつかを書き並べるとしても、それは結局、この本がもういっぱいであって、そんなノートの入り込む余地はないことを証明するためでしかないのだ。

たとえば、こんなのがある、

僕らは互いに愛し合っている。それは一つの不安だ。

二人の人間を接合して、美しい太古の怪物をつくる試み。

わずかな浸透。重なり合った皮膚と皮膚。ゴム。心のなかに出来あがるもの、崩れてゆくものを見分けることはむずかしい。

★

お互いの顔が見られないということは一種の苦痛である。ジェット・コースターに乗ったときの眩暈《めまい》の感じ。日がな一日、ナイフが僕の心臓をやわやわと二つに切る。

★

お前を待つということ、お前を待つという仕事は、実に細心を要する仕事だ。僕の空耳は、聞えるはずのないエレベーターの音を聞く。僕は五十まで、それから百まで、それから千まで数を勘定する。それ以外の一切の仕事は、お前を待つということのために、手につかない。

★

恋愛《アムール》。何という贅沢だ！
恋愛よ、僕はお前の催眠術に身をまかす。
四部合奏が演奏されていた。僕は彼女の眼にぶつかった。
彼女の眼は僕の骨の髄まで愛撫する。

この交換は人をくたくたにさせる。とても長く続けていることはできない。視線をよそへ移す。

★

それはつねに、多かれ少なかれ、残酷なものだ。だが人々は、わずかなことで満足を得る。僕らの不安がはじまるところに、彼女らの安心が腰を据えるのだ。

★

この上なく甘美な一つの均衡さえも、僕らには偶然的なものと感じられる。僕らの杞憂は、この均衡が永く続くようにと気を使うために、僕らがそのなかで安心を楽しむのをさまたげる。駈引きから駈引きへ、計略から計略へと、平均棒を手にして綱渡りする僕らは、僕らの貴重な無秩序と、追いつ追われつする忙しさとを押し隠す。

★

何度僕は、待つのが辛いばっかりに、待たせたことだろう。また何度僕は、彼女が僕に送ろうか送るまいかと悩んだ手紙を、僕のテーブルの上に見出したことだろう。

——あたしはあなたを見ているの、と彼女は、自分の顔を僕の顔にぴったりくっつけて、言うのだった。あたしは眼をつぶって、あなたの顔を消すの、それからまた眼をあけて、あなたを見て、また眼をつぶって、あなたを消すの。そんなことを何べんも続けるの。眼をつぶっているとき、あたしはあなたじゃないいろいろなもの（羊だとか、軽業師だとか、スケートをしている女の子だとか、山々だとか）を見るわ。でも、あたしの思っているのはあなたのことなのよ。あたしはあなたのことしか思っていないのよ。

★

混じり合うこと。

キリスト教徒はその神を食べる。僕は情欲の最初の発作を思い出す。

僕はまだ情欲を知らなかった。

僕の情欲、それは、性《セックス》がまだ肉の決心に影響しない年頃には、目的に到達することでも、手を触れることでも、抱擁することでもなくて、選ばれた人間になることだった。

何という孤独だ！

こうして僕は、彼女らを熱望していると信じつつ、またみずからその過ちを認めつつ、モンソー公園で見た二人の少女と、中学校友達のスウェーデン人の男の子とを、かわるがわる愛したものだった。

かわいいマルト、彼女の癖を僕は真似したものだ。おさげの髪を左から右へ振りさばく癖と、肩をすくめる癖と。

——何してるの？ と僕の母が訊いた。

——何でもないのよ、お母さま。

医者はまた、こう言うのだった。

——灌水浴をなさい。スイスへ転地なさい。神経性痙攣です。大したことはありません。

神経性痙攣だって！

大したことはないって！

僕はね、先生、まだ一定の形をとらずに一つところに集中し、癌のように腐蝕し、未来を決定するところの、あの新しい感受性をもって、愛し、欲望し、苦しみ、希望し、衰弱していたのですよ。

★

彼女は僕に、なかなか馴れ馴れしい言葉遣いをしようとはしなかった。

ところがある晩、《ねえ、送ってってあげましょうか？》と笑いながら、思いがけない親しげな調子に言葉をあらためて、彼女は言うのだった。

★

情欲は人の顔つきを曇らせる。

愛する女の顔の、枕の上で何と蒼ざめていることか！

歯がきらきら光る。膝と膝とが触れ合う。顔が狭くなり、口が獣のようになるのが分る。お互いに拒み合う。それは、愛がその深い根を張るための、大そうくたびれる遊戯だ。

★

……そのとき僕は彼女に対して、何キロも隔ったところにある一つの顔に対して感じるような、互いのあいだに何の交渉もないという漠然たる恐怖を、全身の皮膚でもって感じたのだった。

変化する顔、それこそ最悪のものだ。

人は地上にただ一人残される。

★

窓辺でにゃあにゃあ鳴いている流火《おにび》、むせび泣くあどけない猫の夫婦も、大声でわめいたり、やさしい調子でささやいたりして、しまいに悶絶する。

★

彼女にはアメリカ人の血が流れていた。で僕たちは、互いに理解し合っているときでさえ、二人のあいだに或る底深い誤解があるのを知った。

★

――あたしは淋しいの、と彼女は言うのだった。退屈なの。あたしはあたしの河がほしいわ。摩天楼だの、玉蜀黍だの、大西洋横断汽船だのがほしいわ。

――それが僕の不幸なんだ、と僕は溜息をつきながら答えた、僕の内なる、癒しがたき不幸なんだ。

★

I

もしもお前が恋しているなら、かわいそうな子よ、
ああ！　もしもお前が恋しているなら！
恐れず臆せず、恋するがいい。
それは何とも言いようのない一つの不幸だよ。
心と心の引力には、

星と星との引力におけるような、
神秘なひとつのシステムが、
数々の法則が、また数々の影響が、ある。
初めのうちこそ心しずかに
嫌なことは考えないでもいられるが、
たちまち、そうしてはいられなくなる。
朝な夕な、日もすがら、
まるでエレベーターに乗って
ぐんぐん降りて行くような気持。
それが恋というものだ、
もう本もなければ、景色もなく、
アジアの空の渇望もない……
ただ心を麻痺させる
一つの顔があるのみで、
まわりの一切は目に入らぬ。

II

片想いが恐いからとて、
恋慕の情に逆らってはいけない。
――第一そんなことは不可能だし、
それにまた、深遠な法則を、
永遠の秩序を遁れることは、
どのみち出来やしないのだから。
考えてもごらん、あまたの天体の従順さを、
その敏感な外層を、
その地熱の磁化を、
遊星同士の霊妙な触れ合いを。
思ってもごらん、僕らのちっぽけな地球や、
太陽系の全体が、
ヘラクレス星座の
未知なる一箇の小宇宙の
大気のなかに眠っているのを、
またこの巨大な一箇の小宇宙が、
もう一つの小さな虚無の星のために、

燃えたり、惹かれたり、回転したりしているのを。

子守唄

今は午前一時。眠れ、無邪気な僕の恋人よ。

地球は老いたる太陽で、月はさびれた地球だよ。

眠れ、無邪気な恋人よ。

僕はお前に、エロヒムのことも、カバラのことも、モーセのことも、導師たちの秘密も、
決して話して聞かせはしないつもりだよ。

眠れ、誰にも遠慮をせずに、あどけない、気むずかしい睡りを眠れ。

人間は、すでに地球が大分悪くなってから生れたのだよ。地球が大分悪くなったからこそ、生れたのだよ。冷えた星から生れたのだよ。

眠れ。

鳥たちが舌をひらめかして歌うとき、春はお前に眼覚めを用意してくれる、それなのに、
毒々しい老衰の寄生虫がいることを、何でお前が知る必要があろう？

眠れ、無邪気な僕の恋人よ。

太陽は青春の狂熱をもって、身を焼いている。（その無数の火箭に形はない）

いつの日か、太陽に取って代ろうと、稚い星雲がひしめき合っている。

眠れ。死んだ月と、月の世界の死んだアルプスと、死んだ湾とは、探照燈のもとに最後の死骸をさらしている。

眠れ。敏感な遊星の住民たちは、黒い音楽的な虚無の旋風に巻き込まれて、雑沓している。

一つの星の滅亡を見るのは、他の星にとって、どうすることもできない大きな傷手なのだ。

眠れ、無邪気な恋人よ。

火はだんだんにちぢこまり、まるく固まってゆく。最後の炎が、火山口から逃げのびる

地球は精根つくして燃えた、すると追々に、

——それでおしまい。

火勢が弱まってくるのが感じられた。

厚い冷たい層皮が火を閉じこめる。

火は層皮を突き破ろうとし、弱い場所から噴出する。

こうして、老いてゆくその表面に、自然が出来あがった。

眠れ、肘を枕に、おお無邪気な僕の恋人よ。

こうして自然が出来あがり、人類と動物が出来あがった。あたかも衰えかけた顔に、暈《くま》が浮き出し、目鼻の造作が際立ち、平静な諦めの表情があらわれるように。

眠れ、僕はお前のために、お前をみちびく星々を振動させよう、
木星《ジュピター》をばBとOuにて、
土星《サタン》をばSとAïにて。

そうして僕はお前の足と膝に接吻しよう。

おお、五芒星形《パンタグラム》！　おお蛇紋形《セルパンティヌ》！　聖礼の木星《ジュピター》の錫！　土星《サタン》の環の奏でる風のオーケストラ！　白熱の幾何学！

木星《ジュピター》は法則、土星《サタン》は死。

僕は眠っているお前の、なつかしい、天真爛漫な横顔を眺めている。

眠れ、おお、無邪気な僕の恋人よ。

★

僕はいっそ彼女に会うまい、とこう思う。僕は努力する。棄てる神もあれば拾う神もある。いろいろな計画や、店や、コンサートがあれば、サーカスや、映画や、絵画展覧会もある。

それにしても、ああ困ったことだ！　僕は彼女の顔がとても必要なのだ。

★

散歩。

かつては僕に見惚れた眼が、いまでは僕を監視している。

かつては僕の手しか求めなかった、やわらかい手。

★

いよいよ心は沈んでゆく。奇蹟を待ち望んだ。何の変化もない。

毎朝の眼覚め。

やくざな太陽。

一枚の葉書。勘定書。

無理に起床する。

一日のプログラム。もうすることがないということよりほかに、何もすることがない。

★

あんまり悩みすぎるため、あんまり悩みすぎたため、こんなに頭が痛いのだ。

僕はいっそ誰かに一思いに殺してもらいたかった。六時頃に体温は三十七度八分。皺の寄った頬骨のあたりの皮膚。咽喉が渇く。まるで沙漠の渇きだ。

この疲労を利用して、お前の苦悩のもろもろの動機を、お前の心の内部において押しころそうなどとしてはいけない。お前がそれをするや、すべてはその鮮明さを失うばかりか、お前に害をなすものをさえ見失うだろう。

陰険な方法に抵抗せよ。お前の苦悩と結婚せよ。苦悩をごまかしてはいけない。疲労のためにぼやけて見えるあの貴重な苦悩の顔を、お前ははっきりさせるように努力すべきだ。お前の生活を苦悩のなかに立ち入らしめよ。

★

愛することとは、また愛されることとだ。一つの存在を不安でいっぱいにすることだ。ああ！　もはや相手にとっていちばん大切なものでなくなること、ここに僕らの苦痛がはじまる。

★

内訳。セント・ヘレナ島に、イザベエ(51)描くところの水彩画が一枚、ひょっこり発見される。こんなのが、禍の起るもとになるのである。

★

瀕死のトリスタン(52)のホルン——進んだかと思うと立ちどまり、のたくり、ためらい、後退し、また進んでは、肋骨のあいだに心臓をさぐるあのホルンの、オーケストラにおける仕事ぶり。

奥まったボックスに立つと、一つの大きな頭と柱とのあいだに、明るい舞台の一角が見える。ほのかに赤い光が差して。

瀕死のトリスタンのホルン
　ホルン
　　トリスタンのホルン
瀕死のトリスタンのホルン
時を待つ瀕死のトリスタンのホルン
追憶する瀕死のトリスタンのホルン
　追憶するトリスタンのホルン
ホルン
　ホルン
　トリスタンのホルン

僕は舞台の袖と稜《かど》とを眺めていた。

マネ……ロートレック……優雅なボックス……

この独奏《ソロ》だって、当時はきっと、『祭典』(53)のなかの大地の歎きと同じくらい、奇態なものに思われたんだろう。

僕は外へ出なければならなかった。このホルンは僕にはとても我慢がならなかった。

★

僕はいつも、もっと下まで降りて行けるような気がしていた。ゆるんだ綱の上の歩行。僕は底に達する。僕は最小限の酸素を吸いながら、不恰好な生物や、海綿や、海藻や、漂流物や、くらげや、苦悩の盲目の魚たちやを押し分けて、砂の上をしっかりした足どりで歩む。

★

やれやれ、死か！　魔法の解決。

アルジェリアで、僕はある墓石の上に、次のような言葉を読んだ、

彼は水を、青草を、
はた若やげる顔を、愛したりき。

★

《僕たちは相愛の仲になりたかったのです》

　こんなことを言って、僕は、僕に助言をあたえてくれたある司祭に、説明したものだ。教会の庭では、自然は造物主を少しも被い隠してはいない。方舟の鳩がくうくう鳴いていた。

　神父は僕にこう言った、《わしの身内なるわしの分子は、何の不都合も生ぜしめずに、どんどん太陽を繁殖させるのじゃ。時として、四月の昼日中なぞ、わしは自分が宇宙のリズムに随いて行けないのを悔んだものじゃ。しかしながら懺悔聴聞僧たるわしは、人類の涙でいつもみずから慰めることにした》

　彼はさらにこう言った、《あんたの若さは多くの人々を惹きつけるじゃろう。しかし、四人もの人物があんたに随いて行くのはむずかしかろう。かりに随いて行ったにもせよ、シャンボール城館(54)の階段を御存じじゃろうが？　みんな一緒にのぼっても、決して互いにぶつかることはないのじゃよ》

特別版

エアリアル、わたしの小鳥よ、元素に還れかし。『颶風《テンペスト》』

最後の水族館訪問。

誰が予測し得たろう？　見かけは今までと何の変りもなかったのに、これが最後の訪問になろうとは！

壁があった。その壁の上に、一枚の貼紙がしてあった。

差押につき
閉　館

いったい何を差押えたというのだ？　檻か？　笛か？　アルフレッドの本か、それとも彼のハンチングか？

僕は一枚の名刺を渡された。見ると、

マッサージ師
アリアドネ

ひょっとしたら、あの気の狂ったアメリカ人が問い合わせてきているのかもしれない？

ポトマック！　僕のポトマック！　僕は一刻も早くお前を見つけ出すぞ。

僕らはいま、互いに別れ別れになっている、ちょうど軽い液体と重い液体のように。

お前をポトマックなぞと呼んだ僕を、どうか許しておくれ。

行け、鳥たちよ！　と神様は、天地創造の四日目に言った。それからヘブライ語で、Frrrrrr！　と発音した。

お前というものを拙いながらもあらわしている一つの名前を、僕は本能的に発見したのであった。

おおポトマック、僕はお前から、次第次第に一つの世界を引き出した。

やがて旅行したり、仕事をしたり、眠ったりしなければならなくなる時が来よう。

ポトマック、僕はマドレーヌ広場の水族館がなつかしい。だが僕は、いずれ他の場所で、もう一度お前にお目にかかるつもりだよ。

あとがき

この本全体——実際これは一冊の本と言えるだろうか？——、その憂鬱な駄弁、その矛盾の数々、その奥処からあらわれてくるもの、病人のようなその視線、僕は、これらの秘密を君に明かすことができる。

ペルシケール、死に先立って、君は何度も死ぬのだ。そのたびに君は、君が最後の死とともに沈んでゆくあの終局的な地方から吹いてくる風を、身に受けるのだ。

女が傷ついた白鳥の声で歌っている、合唱隊の少年の咽喉よりも、なまなましい苦痛が果してあるだろうか？　植物となった古代の若者たちも、変《メタモルフォーズ》身の苦痛を決して僕より以上には感じなかったにちがいない。

脱皮期。

脱皮期の対話。

蛹《さなぎ》の入る絹の袋。

繭の湿気。

各細胞の連帯義務！

ペルシケール、この本のなかでは、ソプラノが声変りし、一匹の獣が皮を脱ぎ、誰かが死んで誰かが眼覚める。

僕は自分が死ぬにちがいないと思ったものだ。僕は自分の全財産を終身年金に替えておいた。いま、僕は一文なしになっている。僕の虚栄心は僕を恐怖せしめる。ウージェーヌたちの横顔と名前、及びその名前の奇妙さ加減は、ペルシケール、疑いもなく——おお、見事な世界の秩序よ——彼らがやたらに人を怖れさせまいためのものだった。今にしてやっと僕には彼らが解るのだ。彼らから解放されてはじめて、彼らがはっきり分るのだ。

彼らは恐るべき連中だよ、ペルシケール——彼らを免れることはできないのだ。

彼らは脱皮を完成する。

ペルシケール、ある町と町とのあいだに、一人の貧しい旅行者がいる。彼が町に残してきたもの、それはもう彼のものではない。彼がこれから町で求めるもの、それはまだ彼のものではない。

彼の乗った汽車は、一台の急行列車とすれ違う。彼は窓ガラスに向って立っている。窓の外の工場に灯がつくのを、彼は見つめている。夕闇と彼とのあいだを疾駆する急行列車は、反対の方向へ急いでいる。

鉄橋の騒音。

彼は眺めている。

すると、夕闇と彼とのあいだに、交互に暗くなったり明るくなったりする、ぼんやりした一つの壁が挿入される。そこでは、贅沢な安楽設備が、朝までひゅうひゅう口笛を吹いたり、伸びをしたり、ごちゃごちゃになったりしている。その壁越しに、(ちょうどテーブルの上にのったいろいろな食器類が、下に敷かれた食卓布をさっと引っ張っても、落ちないでそこに残っているように)第二の場景が見えつづけている。第二の場景、それは河であり、河を渡航する船の動きである。

彼が肘をもたせかけている窓ガラスの面には、さらに第三の影像、すなわち彼が見える。そして彼のうしろには、ドアがあり、ドアのうしろにはもう一つドアがあり、もう一つ窓ガラスがあり、そしてこの水族館のうしろには、もう一つ河があり、もう一つ工場がある。疲労は、幾重にも分れた夜や、燈火や、窓ガラスや、水などの層をごちゃごちゃに縺れさせる。

彼の映像は、苦心して彼を探しているのだが、なかなか見つからない、鏡に映った犬が自分の姿に気がつかないように。

いくつもの背景が移動し、入れ替る。

左手には土手。右手にも土手。

下には河。上には星々。

ペルシケール、これこそ、彼の不在によって破壊された町と、いま彼が眺めつつ建設せんとしている町とのあいだにあって、彼に残されているところのすべてなのだ。

蜃気楼、トランプの城、僕にはそれ以外のものを望むべくもなかった。

イゴール・ストラヴィンスキーへ

レエザンにて。一九一四年三月。

さあ、やっと僕は稿を脱した。

君はサナトリウムの別館で、『夜鶯』(55)を作曲中だ。

君の奥さんは全快した。

サナトリウムは淋しいところではない。

そこでは、伝染するのは恢復への意気ごみだけだろう。

最初の晩、人々は怖れ、無言の陰謀をたくましうする。だが、一人として君を嫉妬するような者はいない。めいめいが自分の病気に気をとられている。

僕は彼らを見張り、彼らを観察する。僕はもう、自分の中で熟した本を熟させすぎるという、怠惰な危険にいつまでも、かかずらわっているつもりはない。

昨日、僕は山登りをした。

暑い日だった。僕は雪のあるところへ行こうとしていた。

春が地下に蠢動していた。

樹脂は無作法に流れていた。雄々しい一輪のサフランが大地を穿っていた。僕は赤粘土で泥だらけになった。

雪！ 酸素と水素から出来ている、この緻密なアイスクリームを踏んで、地上数尺を歩く気持は天にも昇るようだ。

シュアシュア・クロ・クロ・ショオル・ショオル・クルアック・クルアック・クロップ

そんな風に、君は歩きながら、砂糖を噛み砕く馬のような音をさせる。

雪！ 雪！ 人は雪を食って、渇を癒す。それは同時に、虚無の聯結であり、糊づけであり、積み重ねであり、糸毬である。それは軋り、鳴り、ふたたび虚無へ帰ってゆく。

前方に、土地の起伏はすでに見えない。それらしい影さえ一つも見当らない。

日曜日の朝、十一時、雪がどんどん降っていた。そのとき僕は、窓からランプの光で雪の上に投影された、一つの幻影を見た。と、それが僕自身の影だった。

朝、眼を覚ます。艶消しにされた樹々。村から讃美歌がのぼってくる。病人たちが歌っているのだ。

僕は狭苦しい自室にいる。外には山々が見える。

雪が降っている、

樅《もみ》の木の上に。

木挽工場の上に。

木造のホテルの上に。

橇《そり》の上に。

ローヌ河の上に。

盲いた春の上に。

解けた雪の上に。

雪はさらに雪の上に降り積んで、ひっそりと静まり返っている。

雪と雲の後宮《ハレム》。

アルプスは宦官。

異様な風態をしたアルプス。

人間が腰骨を挫く絶壁。

すでに白鳥は翼の一撃で、君の五体を粉微塵にしたかと見えた。——雪崩《なだれ》!

はるか彼方に、小さな雪崩がいくつも見える。しばらくたってから、崩れ落ちる轟音が聞える。

大地の権威は、鋭角をなした山巓に光り輝いている。

視力が衰える。皮膚が剝《む》ける。心臓が破裂する。手足が麻痺する。黴菌が死ぬ。

アルプス!

この連峰中のいくつかの山々については、地球の外殻がそれらの重圧に論理上堪え得るものではないことが、計算の結果、証明されている。

地球の外殻は、まだ何ぴとも手を触れたことのない、用心深い、清浄無垢な一つの死体、すなわち腐敗をば、内に蔵している。

それはまた、陽光を呼吸し、氷の炎を追いのける。

イゴール、僕は君に一冊の本を捧げるつもりだった。ところが、いま僕の捧げているのは、古い僕の脱殻だ。

薄明り、脱殻、雲の群（たぶんそれらのうしろから、恐ろしいアルプスがちらっと顔を出すのだ）

不揃いなパラグラフ。

のろまなパラグラフ。

矛盾したパラグラフ。

だが、時あって、かの奇術師ロベール・ウーダンがいたるところで捉えて見せるあの鳩にも似た一つの成句が、あらわれないでもない。凍る白熱……凝結する星雲……未知への誘拐。

立派に育つように望まれて生れてきたのに、不完全にしか育たなかったもの。

また、人を面喰わせるもの。

また、書き終えてしまうと何のことやら解らなくなるもの。

また、知性という重い荷物を取り除いてくれるもの。それさえなければ安眠できるもの。

僕の全作品、とカンシュが僕に打明けて言った、僕はそれをこの世に生れた日から、ずっと僕の内部に蓄積している。だから僕は、僕の未来の著書の表題を、僕の前途に立っている里程標の上に、あらかじめ読んで知ることができるのだ。

やがて僕が著わすべき僕の本は、『この神を見よ《エクセ・デウス》』に関するものと、長きにわたる饑饉に関するものと、天から降ってくるマンナに関するものとだ。

――カンシュ、君は充実しているんだね。ああ！　僕は自分がてんで空っぽのような気がするよ！

君はわずかの時間さえ惜しむ。君は自分のずる休みが何を蚕食するか、ちゃんと心得ているんだね。

しかるに僕としたことが、いつも道草を食わなきゃいられない性分なんだ。

いったい僕は、自分を豊富にするものを、自分の負担の期限を、心得ているのだろうか？

空っぽな電池はあきらめて、何らかの振動を気永に待っている。

そして、傾いた美しい壺から流れ出る蜜をば、黙然と眺めている。

……終

原注

(一)　「エコー・ド・パリ」一九一五年八月二日。

(二)　『ポトマック』は文字通りメルキュール書店のために書かれたのだが、戦争の障害によって印刷が遅れたので、僕はヴァレットの好意で、これをS・L・D・F・に移すことにしてもらったのである。

(三)　あるとき僕は、ジッドと僕とに共通なひとりの友達と一緒に、ノルマンジーのさる薬局にいた。

——薬瓶を見てごらん、と僕はその友達に言ってやった、まるでジッドの作品に出てくる名前のようじゃないか。僕が『ポトマック』の登場人物につけた名前とひとしなみさ。

この心安立てな悪戯をば、その他多くの事柄とともに、どうか悪意にとらないでいただきたいものです。

(四)　『聖アントワーヌの誘惑』より[21]。

(五) ペルシケールのこの返事は僕を驚かせた。(これを書いているときさえ、僕にはこの手紙の存在理由が分らなかった)。こうした脱皮期の徴候を、僕らは最初、青春の思い出を利用するための逃口上だと信じたものだ。

訳注

(1) シェクス　フランスの印刷業者。主として鉄道関係の印刷に従事し、シェクスといえば、鉄道の時刻表の代名詞になっている。
(2) ジョアンヌ　フランスの旅行家。その旅行案内によって名高い。
(3) ヴィタル・ド・ラ・ブラシュ　フランスの地理学者。大著『世界地理』が有名である。
(4) ラタプラン公爵の勝利　ラタプランは太鼓の擬音で、ドンドンといったほどの意。
(5) アウゲイアス　「アウゲイアスの家畜小屋を掃除する」とは、困難な改革を実行することの意。
(6) バラ　「共和国万歳」と叫んで射たれたフランス革命時代の名高い英雄的少年。
(7) ヴィアラ　バラと同じく、フランス革命時代に名誉の戦死をとげた愛国少年。
(8) アルコル　七月革命のとき、パリの橋の上で戦死した少年鼓手。
(9) ブランシュ博士　ジャック＝エミール・ブランシュは一八六一年生まれ、コクトーより約三十歳も年長の著名な肖像画家である。父は名高い医学博士。社交界の花形としても知られ、貴族詩人ロベール・ド・モンテスキウやマルセル・プルースト、あるいは英国の芸術家アーサー・シモンズやオーブリ・ビアズレーらと親交をむすび、後には自分で回想録や小説も書いた。『ポトマック』は、北フランス海岸の海水浴場として名高いディエップの近くの、オフランヴィルにあったブランシュの家で執筆された。

(10) ヴェヌスベルク　ヴィナスの山の意。ビアズレーには、ヴェヌスベルクを訪れるタンホイザーの物語を主題とした『ウェヌスとタンホイザーの物語』という小説がある。

(11) ディエップ　ビアズレーは英国の文人たちとともに、この海水浴場に滞在していたことがある。

(12) トロップマン　一家七人を殺戮したフランス十九世紀の名高い犯罪者。ジャン・バティスト・トロップマン。

(13) カルカス　シェークスピアの悲劇『トロイラスとクレシダ』の登場人物。クレシダの父で、トロヤを裏切ってギリシア方に身を投じる。

(14) 『火の鳥』　ロシアの伝説を基にした舞踊組曲で、すぐれた舞踊家、振付師であるフォーキンがディアギレフ舞踊団のために一九〇九年、当時二十七歳のストラヴィンスキーに作曲を依頼、翌年六月パリで初演されて大成功を収めたもの。

(15) 『春の祭典』　一九一三年五月、パリのアストリュック座で上演された、ストラヴィンスキー、画家ローリッヒ、振付師ニジンスキーなどの合作舞踊曲で、いわゆる華々しいスキャンダルを巻きおこしたもの。

(16) ローリッヒ、ニジンスキー　前項参照。

(17) 『ペトルシュカ』　一九一一年六月パリで初演された。ロシアの郷土色豊かな道化人形の舞踊曲である。

(18) 砂糖の柱　旧約創世記の故事《塩の柱》をコクトーがもじったもの。――ユダヤの長アブラハムの甥のロトはソドムとゴモラの地を脱出する際、何が起っても決して振り返るなと神に告げられた。ところが、ロトの妻は、この悪徳の町が炎々と燃えあがると、思わず振り返ってしまった。たちまち彼女は塩の柱に変えられた。

(19) マリーヌ　ディル河と運河とにのぞむベルギーの都会。大司教の駐在している町で、レース織が名高い。

(20) ブールデーヌ　この章で登場する人物たち、アルジェモーヌ、カンシュ、アクソンジュ、ペルシケール、ブールデーヌなどはすべてコクトーのふざけた命名になるもので、その意味はそれぞれ、あざみげし、こめすすき、豚油、あおたで、もちの木である。御覧のとおり、植物の名前が多い。

(21) (原注四)　さらに訳注をつけ加えれば、ここに描かれている怪物は、ヨーロッパ中世の伝説に出てくる「カトブレパス」という怪獣である。

(22) カムリーヌ　植物、あまなずな。

(23) ラムゼス　古代エジプト王家の名。

(24) H・ポワンカレ　有名な数学者。アカデミー会員、一九一二年没。

(25) アリス　十字花科植物、にわなずな。

(26) ピガモン　この名のもとにコクトーが戯画化している人物のモデルは、高名な高踏派の詩人であり、劇作家であり、またジュルナル紙の批評家であったカチュール・マンデス(一八四一―一九〇九)である。彼は最後に発狂し、トンネルの中に点っているランプを停車場のプラットフォームの明かりだと間違えて、線路に落ちて轢死した。その死顔はハインリッヒ・ハイネにそっくりだったと言う。コクトーは後年、『わが青春記』のなかで、若い頃自分がマンデスを嘲ったり、好意のない筆で描き出したりしたことを、彼の霊に謝罪している。

(27) ジェザベル　ラシーヌの悲劇『アタリー』によって名高い、イスラエルの放埒な王妃。

(28) バルサミーヌ　これも植物名、鳳仙花。

(29) ジャン・ド・ベタンクール　ノルマンジーの航海者、シャルル六世の侍従。カナリヤ諸島を発見拓殖す。パルムの島はこの諸島中にある。

(30) 『イリュミナシオン』　申すまでもなく、アルチュール・ランボーのすばらしい詩篇。ピガモン夫人がくれたというのは、一八八六年、ヴェルレーヌが編纂した初版本のことかもしれない。

(31) カンバセレス　大革命当時の政治家。第二総裁政府の司法大臣で、民法典の起草者の一人(一七五三—一八二四)。カンバセレス街はパリ第八区、ラ・ボエシ街から南へ折れ、内務省方面にいたる街。

(32) ファルマン　アンリとモーリスの兄弟で、ともにフランス航空界の草分けである。一九〇八年十月三十日、ブーイからランスまでの最初の飛行に成功して、世人をあっと言わせた。

(33) オルフェオン　オポポナックスは繖形科植物の一種、ファランクスは咽頭、カダンスは韻律、アラトワールは農業、オルフェオンは男性合唱をそれぞれ意味する。ポトマックと同じく、いずれもコクトーの想像裡の動物であり、象徴である。

(34) ミュルジェ　十九世紀中葉の写実主義小説家。代表作は『放浪芸術家の生活情景』であろう。

(35) キュベレー　レアまたはオプスといい、大地と植物の女神。

(36) ジェリマデ　『世紀の伝説』はヴィクトル・ユゴーの詩集。ユゴーはこの詩集のなかの有名な詩篇『眠れるボアズ』において、動詞 demandait と韻を合わせるために、架空の町ジェリマデを創造した。——旧約聖書によれば、モアブ人の女ノエミは、死んだ息子の嫁ルツが同郷の富豪ボアズの畠の仕事におもむき好遇されたのを知り、ルツに言いふくめて彼女を盛装させ、やもめ暮しの老人ボアズの寝床に送り込む。眼が覚めた老人はルツの美しさに惹かれ彼女を娶る。——この物語の起った町が、ユゴーによれば、モアブ国のジェリマデなのである。

(37) アヴェ・カエサル　ローマの昔、闘いにのぞむ闘技者が、皇帝の座席を仰いで述べるをつねとした言葉。《さらば皇帝よ、栄えあれ》ほどの意。

(38) テセウスの神話　クレタの王ミノスは、ダイダロスに建てさせたラビラント（迷宮）のなかに人身牛頭の怪物ミノタウロスを幽閉し、毎年アテネから若い男女を七人ずつ献じさせて、この怪物のいけにえとしていた。アテネの勇士テセウスはいけにえの男女に混ってクレタに渡り、そこでミノスの娘アリアドネに恋された。彼女はテセウスに怪物を突く剣と糸毬を渡したが、この糸毬のおかげで、テセウスは首尾よく怪物を仕止めた後に、迷宮を逃げのびることができたのであった。

(39) 『デヴィッド・カッパーフィールド』　チャールズ・ディケンズの自伝的小説（一八五〇）。スティアフォースは、作者と目されるデヴィッドの学校友達で、才気煥発な魅力的な男であったが後でデヴィッドを介して近づいたエミリーという女のために、不幸な運命に落ちて行く。

(40) 『偉大と服従』　アルフレッド・ド・ヴィニーの、フランスの士官を扱った小説（一八三五）。

(41)　ゴロー　メーテルリンク原作の劇『ペレアスとメリザンド』の作中人物。

(42)『ソフィストの饗宴』『賢者の饗宴』ともいう。三世紀のギリシア作家アテナイオスの作で、古代ギリシア文学に関する貴重な参考資料を含んでいる。

(43)　アカント　ギリシアで柱頭の飾りに用いられた植物、アーカンサスである。

(44)　エリ・エリ・ラマ・サバクタニ　わが神、わが神、なんぞ我を見棄てたまいしの意。十字架上のキリストが叫んだ言葉。

(45)　ラザロの奇蹟　ベタニヤ村のラザロはマルタおよびマリヤの兄弟。イエスは病めるラザロの死後四日、墓のなかから彼をよみがえらせた。福音書より。

(46)　この詩では、原文で見られるとおり、各詩節の最後の詩句が語呂合わせになっていて、それぞれクロコディル、カイマン、アリガトールとなっている。これは、知る人ぞ知る、三種類の鰐魚の名称である。

(47)　バイロイト　ライン河の支流マイン河にのぞむバヴァリアの都会。ワーグナーの歌劇上演のために建てられた大劇場がある。

(48)『パルシファル』　ワーグナーの作詞作曲による三幕の楽劇、彼の最後の作品（一八八二）である。

(49)『ジークフリート』　同じくワーグナーの台詞と音楽による三幕の楽劇（一八七六）で、四部劇『ニーベルンゲンの指輪』の第三部に当るもの。

(50)　ファフナー　北方伝説にあらわれる怪物で、龍の姿をしてニーベルンゲンの宝の番をしていた。按ずるに、ポトマックの同族である。

(51) イザベエ　十九世紀フランスの細密画家、ボナパルト家と親しくし、ナポレオンの肖像を多く描いた。

(52) トリスタン　中世伝説『トリスタンとイゾルデ』を主題にしてワーグナーは三幕の歌劇を書いた(一八六五)。

(53)『祭典』これはもちろん、ストラヴィンスキーの『春の祭典』のこと。

(54) シャンボール城館　ロワール・エ・シェール県にあり、フランソワ一世によって建てられた堂々たる城館である。中世建築の一典型として名高く、その豪奢な大階段はとくに素晴らしい。

(55)『夜鶯』アンデルセンの童話を主題としたストラヴィンスキーの音楽で、『火の鳥』以前から書き始められていたのが、一九一四年に至ってようやく完成、同年五月にパリのオペラ座で初演された。のちにレオニード・マシーンが振付している。

書誌

『ポトマック』（ジャン・コクトオ著、澁澤龍彦訳）、一九六九年に薔薇十字社より刊行。
『ポトマック』（ジャン・コクトオ著、澁澤龍彦訳）、一九七五年に出帆社より刊行。
『ジャン・コクトー全集Ⅲ』（一九八〇年、東京創元社）に「趣意書」を新たに訳し、
全篇を収録。本文庫の底本。
『ポトマック』（ジャン・コクトー著、澁澤龍彦訳）、一九九五年に求龍堂より刊行
（薔薇十字社版、出帆社版に基づく）。

kawade bunko

ポトマック

訳者 澁澤龍彦

二〇〇〇年一月二五日 初版印刷
二〇〇〇年二月 四日 初版発行

発行者 清水勝
発行所 河出書房新社
東京都渋谷区千駄ヶ谷二-三二-二
☎〇三-三四〇四-八六一一（編集）
〇三-三四〇四-一二〇一（営業）
http://www.kawade.co.jp/

デザイン 粟津潔

印刷 暁印刷

製本 小泉製本株式会社

定価はカバーに表示してあります。
落丁本・乱丁本はおとりかえいたします。

©2000 Printed in Japan ISBN4-309-46192-1

魔術的芸術

アンドレ・ブルトン

監修◈巖谷國士

翻訳◈巖谷國士・小山尚之・鈴木雅雄
谷川　渥・永井敦子・星埜守之

未知の領域をひらく美術史の革命的転換

シュルレアリスム思想・美学の集大成

今世紀最大の《幻の書物》、待望の完訳

ハイデッカー、バタイユ、レヴィ-ストロース、マグリットなど総勢76名に及ぶ

驚異の巻末アンケート、完全収録

定価＝本体 28,000 円（税別）
A4 変型判（306 × 238 ㎜）
392 頁（内カラー 256 頁）

ISBN4-309-25507-8